JN086288

クサトリ

ワカヤマ ヒロ

新潮社
図書編集室

目次

装画　著者

装幀　大森賀津也

クサトリ

1　しわくちゃのハガキ

エントランスの郵便受けにハガキが一枚あった。まるで私が見つけられるかどうか試しているみたいに、それは奥の方に潜むようにしてあった。

宛名は見慣れたブルーブラックの太くて滲んだインクで書かれている。左上に切手はない。料金後納の丸いスタンプだ。

不意に物音がして振り向くと、フロアの隅に作業服の男がいた。脚立に乗って上を見上げている。私の視線に気づいたのだろう、ちらとこっちを向いた。

「あ、すんません。警備会社から頼まれたんすわ。防犯カメラ故障したみたいで、ちょっと今部品の在庫なくて、明日もダメで、あさっての夕方に取っ替えますから」

早口だった。怪しい者じゃないと、通過する住人にいちいち言い訳するのに辟易としていたに違いない。私の反応も見ずにすぐにまた視線を上に移した。

ご苦労様、は喉まで出かかって引っ込んだ。

エレベーターの昇降ボタンを押すと、扉はすぐに開いた。中に滑り込み、『8』、『閉』の順にボタンを素早く押す。扉が閉まる。微振動。上昇。

ハガキをひっくり返した。

左記のとおりお待ちしています。 **6**月**18**日　午前10時　××駅正面

中央に縦書きで二行、たったそれだけだ。6と18だけが、宛名と同じブルーブラックの自

筆でやけに太い。ほかは黒の印字だ。

ああ、と思い出した。

6月18日……　木曜、もうあさってだ。もしかしたらハガキはしばらくの間、郵便受けに入ったままだったのかもしれない。いっそのこと見逃したままでいれば良かったのに。ちらとそう思ってはみたが、もはや本心ではなかった。

8階。扉が開いた。この誘惑を断ち切らねば……　通路を歩きながら、ハガキをぎゅうと握りつぶしてズボンのポケットに入れた。

805号室。ドアを開き、真っ先にキッチンに行った。ペダルを踏み、丸まった紙くずをゴミ箱の中に落とした。カサッと音がした。が、足を離すことができなかった。そのままじっと下を見つめていた。

結局拾い直した。両手で引き延ばしたが、一度ついてしまったぐちゃぐちゃのしわはもう消えなかった。そのまま冷蔵庫の扉の端に磁石で貼った。目立たない。ここなら忘れるかもしれない。あるいは忘れたふりをすることができるだろう。もし電話がかかってきてもこんなふうに言えばいい。

『すみません。忘れないようにと思って、ハガキを冷蔵庫に磁石で貼ったんです。そしたらそれですっかり安心しちゃって、逆についうっかり忘れちゃいました。あはは』

いくらかはリアルに聞こえる。

決断できないまま、ハガキから目を背けた。このまま忘れてしまえばいいのに、と口に出して呟いてもみた。でも忘れられるわけがなかった。そのしわくちゃの紙は私の脳みそを思わせた。その脳みそに日時と場所の文字がこびりついてしまったようなイメージがあった。夕食の時も、風呂に入っている間も、ダブルベッドの上で一人で横になっていても、どうしようかと考えてばかりいた。行ってはならないと思えば思うほど、それを上回る度合いで行きたくなる。

上手く眠れないまま火曜が過ぎ、水曜がやってきた。

2　プロローグ(1)　LEDは眩しく、総務の女の子は冷たい

およそ、出世から見放されたサラリーマン（程度の差こそあれ、この世のほとんどのサラリーマンがそうだと思う）のうちの半分くらいにとっては、一週間のうちで水曜が最も気分の乗らない日だと思う。

気分の波長というものがあるとするなら、それは金曜の夜から土曜にかけてピークに達する。そこから少しずつ下がり始め、日曜の夜にヒューンと急降下。とりあえず安息した土日

に見合う二日分くらいは頑張るか、とちょっと気を張り詰めて月火をやり過ごす。するとその下降曲線はなだらかにはなる。でもまだ下を向いたままだ。

水曜の朝、それはようやく底に到達する。はぁー、と深いため息をつき、やっと水曜か、と嘆くのだ。上昇に転じるのは、再び週末に向けた高揚感が（ほんの僅かだが）フッと現われる木曜の会社帰りの頃だろうか。

ちなみに、ほんの一握りのエリートたちに波はない。彼らは常にピークのラインを直線的にキープし続ける。アドレナリンを絶やすことなく、何が何でも全力で走り続けなければならない。平日は深夜まで残業し、土日だって出社する。その合間に飲み会やらゴルフやらで有能な上司と濃密に付き合わなければならない。お前は可愛い奴だ、と一本釣りされるために。

私にもそういう時があった。もう昔のことだ。最近はどの曜日も水曜と同じような気がする。毎日毎日どん底のラインをのろのろと這い続けている……

などともやもや考えていた時に始業のチャイムが鳴っているのに気づいた。私の両目はぼんやりと天井を見つめていた。

やけに眩しいな。そういえばこの前、ビルの中の電灯を全部ＬＥＤに替えたと誰かが言ってたな。誰だったっけ？

コンコン。

総務の女の子がやってきた。目上の人間の部屋に入る時のノックは三回だよ。そう言いたい。

「ぉふぁよぅござ…す」

よく聞き取れない。

「おはよう」

茶色の決裁箱に稟議書が入れられるのを見ながら、私はエヘンと咳払いをした。そうして親しみをこめた声音で言った。

「今日は6月17日の水曜だよね」

「ふぁい」

愛想も覇気もない返事をしながら女の子は朝刊を二紙差し出した。能面のような顔をして、私のことなど見向きもしない。いつものことではある。

「じゃあ、明日は18日の木曜だね」

デスクに置かれたばかりの地方紙の方を手にし、めげずにそう話しかけた。女の子は仕方なさそうにようやく私を見た。こっちは忙しくて、あんたのくだらない質問にいちいち付き合ってらんないの、といった感じで眉をひそめた。ただ頷いただけで、くるりと背を向けた。

あの、ちょっと、と呼び止めた。反抗期の娘に気兼ねしていた時のように恐る恐るだ。女の子が足を止め、こっちを向いた。

「明日、私のスケジュールは何か入っているかな？」

「ありません」と彼女は言った。イライラしているのだろう。声音が急に熱を帯び、明瞭になった。

「あさっては？」

「ありません」きっぱりと言った。「来週も、その次の週もありません」

「じゃあ、明日とあさっ……」

「休むんですか？」食い気味で突っ込んでくる。

「いや、まだ決めてないいんだけど。もしかしたら休むかもしれない。かまわないかな？」

「どうぞ」即答。

蚊の鳴くような声でさらに何か呟いた。私の耳が確かなら、またか、と聞こえた。が、いちいち気にしない。

「私がいなくてけっ……」私がいなくて決裁は大丈夫かな、と聞こうとした。

「決裁なら次長が代決しますから、ご心配無用です」先回りして彼女は答えた。

ぽかんと口を開けていると、まだ何か、といったふうに彼女のあごがつんと上がった。私は慌てて、ありがとう、と言った。

彼女はそれを聞き終わらないうちに（ありがとうのが、のところだ）、今度こそ完璧に背を向け、部屋を出て行った。ヒールのカツカツという音が遠ざかっていく。

デスクの上の札を手に取ってまじまじと見た。黒のアクリルにはちゃんと私の名前と肩書きの支店長の白い文字がある。そっと元に置き直した。

この会社に私はいらないのだ。

稟議書は男子トイレの修繕の発注書だった。水洗用の管から水が漏れているらしい。そういえば、最近天井の隅からポタポタ水滴が落ちている。

はんこを押して箱に戻すと、もうやることがなかった。

フウとため息が漏れた。また天井を見て物思いにふけるしかなかった。

プロローグ(2)　シャカもレフもシンランもタローもしっくりこない

三年前にこの支店に赴任した。その時は左遷だとは思わなかった。何人かの優れた上司の経歴がそうであったように、すぐ本店に戻れると思っていたし、周りもそう言ってくれた。

けれども一年後に内示がなくて、あれっ？　と思った。二年が経過して、おかしいな、ちょっと巡り合わせが悪かったんだな、と自分に言い聞かせた。いくらなんでも次は、と思った三年目が過ぎてしまうと、さすがに悟らなければならなかった。とっくに出世街道から外れていたのだ。その三年間に、親交のあったかつての上司も同僚も私を相手にしなくなった。私をちやほやしていた昔の部下たちもだ。

一生ついて行きます、と口癖のように言っていた元部下を、この前本店のロビーで見かけた。彼は、今や出世頭となった私の同期の男の後ろに金魚のフンのようにくっつき、エレベーターに乗ろうとしていた。仕方なく、支店長会議のある十階までこそこそと階段で上がらなければならなかった。自分の惨めな姿を誰にも見られたくなかった。おかげで息が切れて脚がガクガクした。

失望していた私の内側から現われたのは、激しい憎しみやら恨みやら嫉妬やらだった。私を見捨てたであろう上役と順風満帆に突き進む同僚たちに対してだ。来る日も来る日も四六時中、彼らを一人一人思い浮かべては呪った。そのことがどれほど醜くて虚しいものであるかと分かっていてもそうせずにはいられなかった。心の根っこが出世欲の塊にしがみついて、ちょっとやそっとでは剝がれそうになかった。

努力はした。与えられた境遇をちゃんと受け入れよう、と何度も何度も自分に言い聞かせた。あるいは、生き方を変えなければならない、と自分なりに新しいことにチャレンジもしてみた。会社帰りに油絵教室に通ったりだとか、プランターを買ってきてベランダでバラを育てたりだとか、週末に近郊の低山に登ったりだとか、まあ、そんなことだ。

でも気がつくと、上の空だった。出世から外れたことをくよくよと考えてばかりいた。そのせいだ。ある時、チューブから飛び出した青の絵の具が、パレットではなくズボンの上に乗っかっていた。クスクス笑い声が聞こえた。ぐっちゃり付いて、クリーニング屋で割り増し料金を払わなければならなかった。

枯れた花を剪定ばさみで切り取ろうとした時には、その茎に添えていた左の人差し指を一緒に切ってしまった。血が止まらず、医者に二針縫ってもらった。

登山道ではサルに襲われかけた。寸前で手にしていたあんパンを放り投げると、キィーと叫び、そっちへ方向転換してくれた。その間に逃げた。『歩き食いダメダメ！ サル、キャッキャッ！』下山した時にもう一度その看板を見た。もっとわかりやすいコピーにしてほしいとは思った。

やることなすこと長続きしなかった。親友でもいれば気分も思考回路も変えることができたかもしれない。けれども友人さえいない私にとっては先人の教えのようなものにすがるしかなかった。

『ブッダのことば』とか『人生論』とか『歎異抄』とか『自分の中に毒を持て』とかを繰り返し読んだ。どれも正しいような気がした。が、やっぱりしっくりこなかった。どれもこれもだ。

シャカの煩悩の矢を抜き去ることも、

レフの動物的個我を理性に従属させることも、
シンランのただ念仏のみが真実であることも、
タローの命をかけて運命と対決することも、

読んだその時はうんうんこれだと頷いたのだが、翌朝にはすっかり忘れているのだった。

結局、何も変わらなかった。気がつくと、誰かの顔を思い浮かべてはブツブツと罵詈雑言(ばりぞうごん)を吐いていた。その頃まだ家にいた妻と娘に、うるさいわよ、キショイんだけど、と注意されては、ハッとして自己嫌悪したのだった。

そんなふうにもがき苦しんでいた頃、あることがきっかけで、一人の先輩のことを思い出す羽目になってしまった。一度どこかへ追いやったはずのその忌まわしい記憶は再び蘇ると、私の内側にねっとりと貼り付き、離れなくなった。

それは、まだ私が本店にいて、何もかも順調だと勘違いしていた頃の出来事だった。

プロローグ(3)　先輩、タンとジョッキを置く

その時私は得意先で営業を終え、繁華街の大通りを歩いていた。会社の終業時刻を過ぎて

いて、直帰すると職場に電話した後だった。夏至が間近でまだ明るかった。信号がちょうど赤になって立ち止まり、何気なく正面を見ていた。と、横断歩道の向こう側に、退職した先輩が立っているのに気づいた。

　視線を逸らすことができなかった。俺のことを避けたな、と思われるのを恐れた。代わりに（そんなことをしても何の意味も無いのだが）目の焦点をずらし、先輩の姿をぼかした。先輩は私の八つ年上だった。先輩こそがずっと出世コースの先頭を走っていたのに、五十代半ばになって突然支店に左遷された人だった。私こそが、一生ついて行きますと連呼していながら、いざ先輩がコースから外れると、しれっと別の先輩に鞍替えした人間だった。先輩が本店を去って行く時、なんの声もかけずに、ただその寂しげな背中を人ごとのように眺めていただけだった。

　青になった。知らない振りをして横断歩道を渡った。が、先輩はその場にじっとしたまま私を待ち受けていた。スッとすり寄ってきた先輩を目の前にして、あっ、先輩、とさもたった今気づいたかのようにひどく驚いた様子を演じた。

「やあ、久しぶりじゃないか」先輩は外連味（けれんみ）のない笑顔で私に声をかけてきた。「会社に戻るのかい？」

「いえ」会社とは逆方向に歩いていたので、嘘をつくことはできなかった。

「じゃあ、一杯だけ付き合わないか」

私は自分の顔が強ばっているのが分かった。都合のいい言い訳が何も思いつかずに、返事に窮してしまった。すると私の気持ちを察したように、本当に一杯だけだよ、と言って先輩は私の肩をポンと叩いたのだった。

それにしても、と思った。先輩の髪の毛はひどく薄くなっていた。希望を失ったり誰からも相手にされなくなったりした人がそうなってしまうように、頬は垂れ下がり、二重あごだった。首回りの伸びきった紺のTシャツは、太鼓腹のせいで裾が窮屈そうだ。そのくせ猫背だ。横から見ると太くて緩いS字のカーブを描いている。白っぽいジーンズには薄茶のシミがポツポツと見えた。スニーカーは土埃で汚れ、乾いた泥がこびりつき、元々何色だったのか分からない。

先輩はそれらのみすぼらしさにふさわしい陰湿な笑みを浮かべていた。確か、支店長を最後に退職して、どこかの下請け会社に再就職したはずだ。でもどう見ても、この格好は無職にしか見えない。

私たちはすぐ近くにあった居酒屋に入った。まだすいていた。先輩がカウンターの右端に、私はその左隣に座った。先輩の提案で、二人とも晩酌セットを頼んだ。焼き鳥三本と中ジョッキ一杯で税込み七百円だった。

「タレで」と先輩が店員に言った。

私も、と合わせた。本当は塩にしたかった。

誘った先輩の方から何かを話し出すと思ったが、そうではなかった。黙ったままだった。かといって私が話すことなど何もなかった。横顔をちらと見ると、さっきまでの笑顔がなかった。カウンターで助かった。まともに顔を見ないですんだ。それでも緊張した。

いっそのこと、先輩を裏切ったような過去の自分の振る舞いを詫びようか、と言葉が喉まで出かかった。ちょうどその時に、店員がジョッキを持ってやってきた。

乾杯をする時、先輩は笑みを戻していた。普通の笑顔だった。少しだけホッとした。先輩がちびちびと飲み始めたので、私も仕方なくそうした。

「どうだい、調子は？　君のことだから相変わらず出世コースまっしぐらなんだろうね」

いえ、まあ、と曖昧に返事をした。出世から見放された人にうかつに返事をしてはならない。

「大丈夫。君ならきっとどこかの部長にはなれるさ」

私は先輩に負い目を感じているくせにムッとした。見下されている気がしたからだ。この時はまだ、少なくとも取締役を狙っていた。

「君には随分助けてもらったからね。そのお礼が言いたかったんだ。君の仕事ぶりは俺が一番よく知っているよ」

店員が皿を二つ置いていった。三本ずつある。私がねぎまを口に入れた時、先輩はまだ皿をじっと見ていた。十秒ほどが経過して、ようやくレバーの串を右手でつまんだ。口をニッと開けて先端を前歯で挟んだ。抜歯したのだろう、こっち側の犬歯の辺りが一、二本分黒い。先輩は、赤身がちぎれないようにと、そーっと串を引いた。その一切れはしかし、口の中に入るとほとんど噛まれることもなく、あごとの境界のない喉を通過した。それから思い出話をし始めた。

私と一緒に仕事をしていた頃の話だった。市街地の再開発のコンペを勝ち取った時のことだとか、隣の部署の発注ミスで足りなくなった鋼材を他社に掛け合って穴埋めした時のことだとかだ。懐かしさがこみ上げ、私もそれらの思い出に浸った。時折互いに大声で笑った。すっかり昔の関係に戻ったかのようだった。

が、それらの馴れ合い話は、先輩がジョッキに口をつけ、それを、タン、と少しドキッとするような音をさせてカウンターに置くと、終わってしまった。私は再び緊張した。お前は相変わらず、人に調子を合わせてヘラヘラと笑っているんだな、と私を蔑んでいるような気がしたからだ。

「ところで君はいくつになった?」先輩は唐突に私に聞いた。

来月で五十三になると答えた。

「ああ、君ももうそんな歳か。じゃあ普通にしていればそのまま偉くなれるよ。謙虚にして黙っていればということだけどね。間違っても変な正義感とかを出して上に刃向かったり目立とうとしたりしちゃいけないよ」

そう言って目を閉じ、僅かに首を振った。こんなはずじゃなかった、と過去の自分のことを悔やんでいるような様子だ。と、カッと目が開いた。でもな、と話を続けた。

「気をつけろよ。どっかに落とし穴があるんだよ。腰丈くらいまである草むらを、このくらい屁でもない、ってずんずん進んでいくんだ。するとそのうちにぽっかりと空いた穴にストンと落ちてしまうのさ。だけど、そのことに気づかないいんだ。

そこはもう別の次元の草むらで、同じように歩いていると、またストンって落ちてしまう。ハッと気づいた時には、周りの奴らが上から見下ろしているんだよ。ヒソヒソと陰口を叩いているのさ。あいつ落っこちやがったぜとか、自滅だねとか、そんなふうに言って嘲笑っているのさ」

先輩の横顔から笑みが消えていた。どこでもないどこかをじっと見つめていた。私が隣にいることも忘れて何か独り言を口にしていた。ブツブツと不明瞭な小さな声だ。何をしゃべっているのか聞き取れない。ジョッキの中はほとんど減っていない。

二人きりのこの空間から一体いつ逃れることができるのだろうか。そう不安に思った時に先輩が振り向いてドキッとした。

「なあ、分かるかい？」

明確に私に向けられた言葉だった。

「追い求めていたものが突然目の前から消えてしまうと、人は誰でもそれを受け入れることができずに、あっちへ行ったりこっちへ行ったりしてもがくんだ。何とか出口を見つけようとしてね。だけど簡単に見つかるわけがない。結局同じ場所でうろうろしているだけなんだ。すると余計なことを考え始めるのさ。出世なんてくだらない。どうせ死んでしまえば、皆同じじゃないか。それなのに一体俺は何をしてるんだろう」

先輩はそう言って私の目をのぞき込んだ。私は耐えきれずに視線を逸らし、ジョッキを口にした。

「何もかも悲観的になって深い闇の中へ落ちていくんだ。そこは根源的な苦悩の世界なんだよ。神様はどうしてこの世をこんなに苦しくて醜いしくみにしたんだ。何故人の上に立ちたがるのだろう。何故人を憎んで妬んで、その不幸を願うのだろう。何をやってもちっとも幸せになれないのに。どこまで行っても苦しみがつきまとうのに。生きていたってなんにも意味なんてないじゃないか。じゃあこの俺は、この世は、一体何だってんだ」

先輩の顔面は蒼白で、その目は眼球が飛び出そうなくらいにぎょろりとしていた。息づかいが荒くなって、はげあがった額に青筋の血管が浮き出ていた。顔を歪め、興奮しているのを必死に抑えようとしているようだった。私はつばを飲み込んだ。大丈夫ですか、と言おうとした時、先輩は私の方も見ずに静かに話を続けた。

「つまりこういうことさ。俺には俺の、君には君の世界があって、それらは別々なんだよ。一億人いれば一億の別の世界があるんだ。だってそうだろ。俺には君の見える世界も君の考えていることもこれっぽっちも分からないんだからね。どうせ君だって、目の前のこの俺を憐れんでいるんだろうけど、それは君が俺のことを想像している君自身の世界であって、ほんとうの俺のことなんてちっとも分かりゃしないんだ……　ああ、この苦悩の出口ってのは一体全体どこにあるっていうんだ！」

先輩は両手で頭を抱え、うなだれてしまった。スー、フー、と静かに息をする音だけが聞こえた。先輩が深い闇の中でじっと膝を抱えているようなイメージが浮かんだ。私は黙ったまま様子を見ているしかなかった。

突然、先輩の手が動いてジョッキを摑んだ。グラスの底がスローモーションのように上へと傾き、金色の液体が先輩の口の中に流れ落ちていく。グッグッと音を立て、贅肉の中でどうにか判別のできる喉仏が前後に動いている。ジョッキはあっという間に空になり、カウンターにコトッと静かに音を立てて置かれた。息することを忘れてしまったのだろうか、呼吸音さえ聞こえなくなってしまった。

私は沈黙に耐えきれずに口から出任せに言った。

「先輩は？　その出口を……」

んがっ、ハァッ！

先輩は、無呼吸症候群の人が就寝中、死の淵的状態から帰還する時のように、鼻だか喉だか鳴らすと同時に一気に肺を膨らました。それからフゥーと息を吐くと、寂しげに笑い、再び口を開いた。

「ん？　ああ、まだ探してるよ。まだうろうろしているんだ。トンネルを抜けるには、もうしばらく時間がかかりそうだよ。いや、どうだろ。もう抜けられないかもな。まあ、それはそれで仕方ないさ。とても苦しいけどね。でもな、救われることもあるんだ。それを見つけたんだよ。たった一つだけ」

先輩はまた黙った。薄っすらと笑みを浮かべ、言おうかどうしようか迷っているみたいだった。そうして私をちらと見た。

できることなら話の続きなど聞きたくもなかった。けれども先輩の目はどう見ても、さあ早く、さあ聞けよ、と催促していた。私は少し迷ったのだが、口にするしかなかった。

「何ですか、それは？」

「クサトリだよ」と先輩は言った。少し恥ずかしそうな顔をした。が、どこか悦に入った目をしているようにも見えた。

「クサトリ？」思わず聞き返した。「って、地面に生えてる草の……　あの草取りですか？」

「そうだよ。草取りだよ。覚えておきな。もし君が俺みたいになったら、そのことを思い出せばいい。あ、いや、君はそんなことを覚える必要はないか。上手くいっているんだからね。君にはそれが必要になることなどありそうにもないからね」

先輩は、はぁーと肺の中が空っぽになるくらいのため息をついた。そうしてジーンズのポケットに手を突っ込んでもごもごとした。何かを取り出し、カウンターに置いた。チャッと硬貨の触れ合う音がした。小さく折りたたまれた千円札と四枚の百円玉だった。

「そろそろ行くよ。無理矢理誘って悪かったな。たったの七百円だけど、ここはおごりだ。じゃあ元気で。君の出世を心から祈っているよ」

先輩がスッと立ち上がった。私も立とうとすると、私の肩に手を乗せて制した。それから弱々しい笑みを浮かべ、じゃあ、と言ってすぐに店を出て行ってしまった。

一人きりになると、ようやくホッとした。外でまた先輩と出くわさないようにと、ゆっくり時間をかけて自分の焼き鳥を口に入れ、ビールを飲み干した。けれども冷めた肉と気の抜けた液体は、先輩と一緒にいた後味をなおさら悪くしただけだった。

おもむろにカウンターの上の金を手に摑み、席を立った。それらの紙幣と硬貨はどこか湿っていた。店はいつの間にか混んでいて勘定を済ませるのにやけに時間がかかったのをとてもよく覚えている。

外はすっかり暗くなっていた。自宅に向かってとぼとぼと歩き始めたのだが、先輩のイメージが体にまとわりついてどうにもやりきれなかった。そうして考えないわけにはいかなかったのだ。先輩は本当はこう言いたかったに違いない。

お前も俺と同じ目にあえばいいのさ。お前も俺みたいになれば、少しは俺のことが分かるだろうし、お前のように人を蹴落として調子よく偉い人間にくっついていく奴こそが、俺と同じ目に合わなければいけないんだよ。

その無言の呪文に私はまんまとかかったらしい。どう考えても、今、先輩と同じ道を辿っているような気がしてならない……

プロローグ(4)　しっぽりできる妻は家にいない

ＬＥＤは眩しいんだ……

さっき思ったのと同じことを心の中で呟いているのに気づいて我に返った。また天井の蛍光灯を見上げていた。

時計を見ると、まだ十時を過ぎたばかりだった。今日もまた終業まで気の遠くなるような退屈な時間を過ごさなければならない。

仕方なく机の引き出しを開け、『ブッダのことば』を手にし、続きを読み始めた。

死ぬよりも前に妄執を離れなければならない……

いゝ、い、い、い、い、い、い、い、い、い……

これを読むのは何度目だろうか。一体どうやったらそんなことができるのか、肝心のその方法を知りたいのにどこにも書いてない。もやもやしながらだらだらとページを繰り続けた。

そんなふうにして、いつもと同じように時計の針がのろのろと回転した。それでも必ず終わりはやってくる。相対性なんとかという面倒な物理の法則を抜きにすれば、誰にだって時間は平等に過ぎる。

ポーン。メールの着信音。

スマホを手にした。やっぱり。さゆりからだった。

『今夜会えないかしら』

もうじき六時だった。窓の外はまだ明るい。

『今日はやめとく』と打った。送信。

ポーン。すぐに返事がきた。

『まあ、あなたにとって水曜日は最も気分の乗らない日だろうからパッといこうと思ったのに。つれないのね』

『ちょっと具合が悪いんだ』嘘をついた。『たぶん明日会社休むと思う』

ポーン。

『あら、可哀想。じゃあ奥さんとしっぽりどうぞ。それともマンションにお見舞いに行っちゃおうかしら♡』

本店の役員室で革張りの椅子にふんぞり返っているさゆりの姿を想像した。少し目のつり上がった嫉妬深い顔が浮かんだが、それ以上返信はしなかった。

妻はしばらく前に娘と一緒に出て行ってしまった。二人とも今はマンションからさほど遠くはない妻の実家にいる。

さゆりにそのことは黙ったままでいた。何となく言わないでおいた方がいいと思ったのだ。もっとも彼女は薄々感づいているような気がする。頭が良くて勘の鋭い女だから。

チャイムが鳴った。音が止むと同時に部屋を出る。フロアを通る時に、お先にと声をかけた。が、総務の女の子はもちろん、誰も返事をしなければ、振り向きもしなかった。いつものことだ。

私は真っ直ぐ誰もいない部屋に帰った。明日のことしか頭になかった。

3　黄色い帽子の男の子

6月18日、木曜、早朝。

この季節の普段着は一つしかない。上はグレーのTシャツに着古した青のダンガリーシャツ。下はすっかり白くなったジーンズにかかとの外側がすり減ったアディダスのスニーカー。財布とスマホと部屋の鍵はジーンズのポケットに突っ込んだ。万年筆はシャツの左胸のポケットにさした。結婚を約束した時に妻に指輪をやったお返しにもらったやつだ。何故だろう、いつも持ち歩いている。

出がけに腕時計の針を電波時計に合わせた。日課だ。外に出ると、強い日差しのせいで私の顔はすぐに熱を帯びた。

手ぶらで歩いていると、なんだかふわふわして落ち着かなかった。通勤鞄を手にしていないせいだと気づいた。平日のサラリーマンにとってそれは体の一部だ。学生ならもれなくリュックが背中にくっついている。誰も私のことなど気に留めるはずもない。頭ではそう分かっていても、道行く人々から奇異の目で見られている気がしてならない。

いつもより二本早い下りの電車に乗った。六時半でも混んでいるとは知らなかった。二つ先が終着駅。乗客のほとんどがそこで降りる。周辺には商業施設とオフィスビルが密集している。バスに乗り換えて十分圏内に普通高校が三つと商業高校が一つ。ああ、そうだ、県庁も市役所もある。それと……　本店も。

目の前の二人の高校生はジャージを着ていた。ショルダーバッグが二つ床にあった。エナメル地のおそろいだ。どこかに遠征にでも行くのだろうか、やけにでかい。邪魔だ。二人ともスマホを手にし、親指を高速で動かしている。ゲームに熱中しているのだ。

他の高校生たちの半分もまた同様に端末の画面を食い入るように見つめ、ひっきりなしに指を動かしている。もう半分は参考書を手にしている。そのうちの何人かは暗記用の赤いシートを当てながら、声も出さずにひたすら何かを唱えているようだ。

座席のほとんどは大人たちで占められている。男も女も目を閉じている。皆不機嫌そうだ。眉間にしわが寄っている。

隣の駅に到着。四、五人の男女が乗り込んできた。グイグイ押される。床のバッグにつまずいて危うく転びそうになった。それらの位置をずらす気などジャージの二人には毛頭なさそうだ。うぅっとうめき声が出そうになるのを堪(こら)えて、つり革をギュッと握った。体が弓なりになったまま耐えた。

やっと終点。三番線に到着。ドアが開いた途端、誰もが押し合い始めた。もみくちゃにされながらホームに飛び出た。

普段支店に行くには五番線で乗り換える。でも今日は違う。二番線だ。が、すぐ反対側に停まっているはずのその電車が見当たらずに焦った。

人混みをかき分けながらホームの端にいた若い駅員に尋ねた。私の乗り換えるべき電車は随分離れたところにある臨時ホームに停車しているのだと彼は教えてくれた。駅舎を高架化するための工事のせいで、大変ご迷惑をおかけします、と丁寧に頭を下げた。

急ごうとしたが、階段を上る列の最後尾になってしまい、思うようにならなかった。ようやく連絡通路に出ると、行き交う人々をすり抜けるようにして走った。階段を駆け下り、目的の電車に飛び乗った時、それは私を待ちあぐねていたかのようにすぐにドアを閉じて発車した。

郊外へと向かうその電車はしかし、すいていた。ボックス席に一人座っていた老人に会釈し、斜め向かいの通路側に座った。老人は窓の外をじっと見続けている。飴でもなめているのだろうか、絶えず口をもぐもぐさせている。あるいは、私の父が晩年そうしていたように、入れ歯の調子を舌で確かめているのかもしれない。左手で杖を握りしめ、右手で何度も白いあごひげのその先端を尖らすように撫でている。

電車が一つ目の駅のホームに滑り込んだ。減速しきった時に、老人が膝に手をつき、よっこらしょっといった感じで立ち上がった。会釈をしたので私もそうした。杖をつきながらよろよろとドアに近づいていく。その後ろ姿を私は見守った。ドアが開き、老人が外に出るのを見届けてから窓際に腰をずらした。

老人と入れ違いで乗ってきた小柄な男の子が私の斜め向かいに座った。黄色のキャップを被っている。

ドアが閉まり、電車が動いた。と、ギョッとした。突然男の子が上半身をせわしなく揺らし始めたからだ。

さりげなく様子を観察した。腰から上をメトロノームのように左右に振っている。時折ぐるぐる回したりもしている。右肩から斜め掛けした緑色のバッグを膝の上で大事そうに抱えている。じっと見ていても気づかない。あるいは気にならないみたいだった。私は視線を窓の外に移した。

障害があるのだ。ああ、そういえば確かこの先に県立の特別支援学校があるはずだ。可哀想に……

住宅街の景色が流れていく。それをぼんやりと見ていたのだが、ふと心の中で、いや、違う、と呟いた。もう一度男の子を見た。男の子はとても生き生きとした目をしていた。穏やかな笑みさえ浮かべていた。どこか楽しげだった。今日これからあることをとても楽しみにしているようなそんな感じだった。

この男の子は一体今何を考えているのだろう。そのことをとても知りたかった。じっと見ているうちに彼のことがなんとなく羨ましくなった。可哀想なのは私の方だ。そう思い直した。

　男の子は思ったとおりの駅で降りていった。軽やかな足取りだった。電車がホームを過ぎ去っていく時、彼と彼の仲間たち（男子も女子もいた）が駅舎に向かって勢いよく走って行くのが見えた。皆、黄色の帽子を被っている。皆、笑っている。それらはとてもまぶしい光景に見え、私は深くため息をついたのだった。

　車窓はいつの間にか田園の風景に変わっていた。車内の乗客は電車が駅に着くたびにその数を減らし、終点に着いた頃にはまばらだった。そこでさらに乗り換えなければならなかった。

　県境方面はつなぎが悪い。発車までしばらく時間があった。ホームのベンチに腰を下ろし、会社に電話した。始業間近だった。総務の女の子が出た。とりあえず今日一日休むと告げると、ふぁい、と声がしてすぐに切れた。フーと息を吐いて空を見上げた。上空は風があるのだろう。雲の流れが随分速い。

　朱色とクリーム色の汽車がホームに現われた。キハ一一〇系のディーゼル機関車だ。二両編成だった。乗客はほとんどいなかった。一両でも充分に過ぎる。誰にも気兼ねをすることもなくボックス席を独り占めにできた。

　汽車が走り出すと、すぐに田園から里山の風景に変わった。点在して見えていた民家も消えてしまった。そうした変化に見合うように一つ一つの駅の区間が長くなった。停車しても誰も降りなかったし、誰も乗らなかった。

渓谷に沿って右へ左へと緩いカーブを描きながら進み、どんどん山奥に入っていく。木々の合間から覗く谷は深すぎて底が見えない。山々の頂の辺りには残雪が見える。

いくつかのトンネルを抜けると、平坦な場所に出た。田んぼはどれも小さくて、ぐにゃぐにゃした曲線の畦で囲まれていた。

やがて大きな川が目の前に現われた。汽車は鉄橋を渡ってはトンネルに入ったり、トンネルを出てはまた鉄橋を渡ったりを繰り返した。川がくねくねと曲がっているのだ。それは静止して見えるほど、ゆったりと流れているようだった。太陽の強い日差しが当たっても濃い緑色のままだった。川面がきらきらと光っているだけで、水面下の様子が全く分からないほどその緑色は厚みがあるようだった。底がとても深いに違いない。

そろそろだろうか。そう思った時、キィーとブレーキ音がして汽車はスピードを落とした。立ち上がって見渡すと、車両の中には二、三人しかいなかった。この人たちは一体どこまで行くのだろう。

降りたのは私だけだった。殺風景な無人駅だ。ホームの真ん中に小さな木造の駅舎がぽつんとあるだけだ。最初の電車に乗ってから三時間以上が経過していた。少し肌寒かった。改札の木の箱に切符を入れて駅舎に入った。壁時計の針がもうじき十時を指そうとしている。

私の腕時計もそうだった。時刻表どおりだ。

外に出ると、田村さんが立っていた。前に来た時と同じように、てっきり男の事務員か誰かだろうとばかり思っていたので、驚いた。急にドキドキし始めた。そのことを気づかれないようにとさりげなく上を見上げた。

いつの間にか空はどんよりと曇っていた。

4　きつねもなかの形はどんなだろう

不思議と田村さんのことはそれなりに覚えていた。きっと美しいからだと思う。ほっそりとしていて、優しげで清楚だった。口を閉じたまま口角を上げ、微笑んでいる。アイロンのかかった白いシャツにベージュのフレアスカート、街なかならパンプスなのだろうが、真っ白なスニーカーだった。どれも田村さんの白い肌にとても似合っていた。

そよ風が吹いて長い髪が田村さんの顔にかかり、彼女はそれを左手でかき上げた。そうしてはならないと思っても露骨に見とれた。それをはぐらかそうと、適当な話題も思いつかないまま話しかけた。

「すみません、ハガキを持ってくるのを忘れました」

「ハガキなんて必要ないですわ。あなたはもう私たちの一員なのですから、いつだって来てかまいませんのよ」

「本当はここへ来るのを少し迷ったんです」正直に言った。

「まあ。それは思い過ごしだと思います。あなたはきっといらっしゃると思っていましたわ」と田村さんはさらりと言った。「さあ、行きましょう。雨が降らないうちに」

田村さんは、私の中にまだ残っていたわだかまりを断ち切ろうとするかのように、くるりと向きを変えて歩き出した。私は黙ったまま、田村さんの後をついていった。

駅前には菓子屋らしい店があったが、記憶になかった。軒上の横長の看板には文化堂本舗と大きな文字が、その脇に元祖きつねもなかと小さな文字があった。自ずときつねの顔をかたどったもなかの皮が頭の中に浮かんだ。もっとも店の扉は閉じていたし、白いカーテンが引かれていた。営業しているのかどうかよく分からなかった。

私たちは駅を背にして右へと進んだ。左に道はなかった。そういえば一本道だったな、と思い出した。道の両側は草木で覆われていた。左側には汽車から見えた深緑色の川が、右側には線路が枝葉の隙間からちらちらと見え隠れした。

田村さんは早過ぎることもなく遅過ぎることもないペースでただ前を向いて歩いて行く。その後ろ姿も美しく、見とれた。長い髪が肩甲骨の辺りでゆらりゆらりと揺れ、どこからか吹いてくる柔らかな風が彼女のスカートの裾をひらひらとさせた。時折香水の匂いが微かに鼻を突いた。私は、甘い蜜の香りに誘われた昆虫のように、うっとりとしながらただ彼女の後ろをついていった。

百メートルほど先の突き当たりを、巨大な看板の指し示すとおりに左に折れた。縦二メートル、横三メートルほどの黄色の地の板に、真っ赤な大きな矢印が左向きに描かれているだけだった。人影も車も見当たらないこの一本道に何故こんなものが必要なのか、私には理解できなかった。確か以前来たときも同じようにそう思った気がする。

矢印のとおり左に曲がると、目の前に大きな赤い橋が現われた。そうそう、この橋だ。歩道は左側だけだ。その歩道を歩きながら、左の川の上流に目をやった。

橋の上から見る水面はダムの堰止め湖みたいに莫大な量の水がただそこに静止しているかのようだった。その緑色は、汽車から眺めていた時よりもずっと濃かった。そのせいで再びその深さのことを思わないわけにいかなかった。じっと見ていると引き込まれそうな気がして、軽く身震いした。そのちょっとした恐怖感はしかし、田村さんの後ろ姿に再び目を転じると、いとも簡単に消えた。

橋の真ん中あたりにやってくると、田村さんが急に立ち止まり、振り返った。私は慌てて視線を逸らし、おもむろに目を合わせる素振りをした。

「ちょっと見えにくいですが、あの左側の方が本流で右側が支流です」

田村さんが上流を指さした。霧がかかっている。よく見ると薄っすらと陸地が見える。二つの川がそこで合流しているようだった。

「本流の先には、水力発電所があります。百年以上も前に作られたんですよ。今も関東に電気を供給しています。ダムの落差はそれほどでもありませんが、流量が豊富です。当時は国内最高の出力を誇っていたらしいです。元々は付近に住んでいた人たちのための発電所でもあったんですよ。知っていました？」

いいえ、と私は言った。以前来た時に案内役の男の事務員から聞いたことがあったのかもしれなかった。だとしたなら、まるで覚えていなかった。

「昔、その近くに銅の大きな採掘場があったんです。当時はそこに三万人も人が住んでいたんですよ。信じられませんでしょ。その頃は何でもあったそうです。学校とか病院とかスーパーはもちろん、演芸場とかダンスホールとかも。東京から芝居役者が来て、人々を楽しませていたんだそうです。この鉄道もそうした人たちのために作られたようなものです。もちろん銅を運ぶのが第一の目的ではありましたけれど」

「私たちの場所は？　それと関係があるのですか？」

「ええ。元々そこに住んでいた村人たちは皆困惑しました。知らない人たちが次々とやってきて自分たちの場所が変わっていくのにとうとう我慢できなくなったんです。結局二束三文で土地を手放しました。そうして追い出されるようにして集団で移住したんです。その移り住んだ先が、これから私たちが行く場所です」

そう言って田村さんはフウと静かにため息をつき、黙り込んだ。当時のその先人たちのことを思いやってのため息なのか、あるいは、これから行こうとしている場所のことを思いやってのそれなのか、分からなかった。どっちにしろ私に話した何かが原因であるに違いなかった。私のせいだ。そう思って胸が少し苦しくなった。

上流で霧の中からカラスが一羽フッと現われ、また霧の中へスッと消えた。

5 森の境界

「村人たちは移住先で少しずつ以前と同じ暮らしを取り戻していきました」田村さんが再び口を開いた。さっきの話の続きであるようだった。

「でも内心は銅山の街にあこがれていたみたいです。その頃はこの橋も道路もありませんでしたから、船頭に船をこいでもらって行き来したらしいです。夢のような旅行だったに違いありません。賑やかな街ではしゃいでいる村人たちの姿が目に浮かびます」

田村さんの言葉を頭の中で映像化しようとしてみたが、上手くできなかった。

「もっとも銅山の街は長続きしませんでした。採掘量に陰りが見え始めた頃に、関東地方に比べものにならないほどの巨大な銅の鉱脈が見つかったんです。採掘職人も精錬技師もたちまち引き抜かれ、人夫たちまでもが高い給料を求めて家族ぐるみで移っていきました。街はあっという間に寂れてしまいました」

「村人たちは元の場所に戻らなかったんですか？」

「ええ。新しい場所を開拓してからは、むしろそっちの方が居心地が良くなったんでしょうね。そうして周りを遮断していたようです。でも戦後しばらくすると人が行き来するようになりました。当時の村おさの提案で養蚕場を作ったんです。少しずつ住人も増え、昭和の高度成長期には学校とかちょっとした萬屋（よろずや）みたいなものもできたんですよ。それに見合うようにこの立派な道路や橋も作られました。さっきの駅もそうです」

「それにしても……」私はふと頭に浮かんだことをつい口にしかけた。

「それにしても？　なんでしょう？」

「どうしてこれだけのインフラが整備されたんでしょう？」

　私はぐるりと見回した。どう見ても橋も道路も無駄に大きかった。人家も人の気配もない景色とは全く不釣り合いだった。田村さんはすぐには口を開かなかった。私の質問に答えるために一度頭の中を整理でもしたような間があった。

「銅山に関係した利権が絡んでいたとかどうとかの噂話があったみたいですが……　本当の

ことは理事長以外に誰も知りませんし、誰もそんなことに興味はありません。何故なら、当時の村人たちの子孫は、今はもう誰も住んでいませんから」

リジチョウという言葉の響きに、私は何かしらの胡散臭さを感じた。

「もっとも、これから私たちが歩く道は、必要最小限の整備しかしてありません。やっぱり外側とつながることに抵抗感があったんでしょうね」

田村さんはそれ以上話題を広げたくないみたいだった。さあ行きましょう、と言って歩き出した。余計なことを聞かなければよかったと、私はちらと後悔した。

霧は一段と濃くなり、二股の合流点は見えなくなっていた。それどころか私たちのまわりも薄っすらともやがかかり始めていた。

橋を渡り切ると道路は左に折れ曲がり、川の左岸に沿って走っているようだった。

「上流にも大きな橋があって、この道路は銅山の跡地を通る国道につながっています」

そう言いながら、田村さんは道路を横切り、反対の右側に進んだ。さっきの話のとおりだった。小さな砂利道があった。田村さんの後をついていかなければ、こんなところにこんな道があることなど、気づくことも思い出すこともなかっただろう。かつては村道に認定されていたらしい。が、住人がいなくなり、随分前に林道に格下げされたのだと田村さんは言った。

「森の中はもっと狭いです。車が二台すれ違えません。今は生活物資を運ぶ軽トラが二日に一回行き来しているくらいです」

　その証だろう。二本の轍が続いている。その右側を田村さんが、左側を私が半歩後ろから歩いた。その辺りから記憶が曖昧になって何も思い出せなくなった。振り返るとアスファルトの道路も赤い橋も霧で見えなくなっていた。急に不安になってきた。が、田村さんが醸し出す見えない何かが、蜘蛛の糸のように私の体に巻き付いている感覚があった。それに引かれ、足が勝手に前に進んでいるというふうだった。

　いつの間にか森の中に入っていた。薄暗くひんやりとしている。右には二、三十メートルはあろうか、真っ直ぐに伸びた杉が、一定の間隔をあけながら整然と立っている。人工的に植林され、成長に合わせて丁寧に間伐されているようだった。

　対照的に左は手つかずの広葉樹が不規則に連なっている。やがて人工林も姿を消し、左と同じ様相になった。枝と葉が真上で重なり合い、さながらアーケードの屋根のようである。地表にはシダ類が密集して生え、不気味だ。

　道はなだらかな上り坂だった。右へ左へとカーブを繰り返し、私の方向感覚はすぐに怪しくなった。田村さんは前を向いたままただ歩いて行く。速さは一定だが、私には少しずつきつくなっていった。

　田村さんがしきりと上を見上げ始めた。と、不意に両腕を上に伸ばし、手のひらをヤツデの葉みたいに広げた。両手がレーダーのアンテナのようにゆっくりと回転している。

「ちょっと雲行きが怪しいですね。風の音が変わったでしょ」と言いながら私の方を振り返った。「少し急ぎましょう」

空がほとんど見えないのに田村さんには雲の様子が分かるようだった。私には、風の音が変わったことも分からなければ、その音さえ聞こえなかった。田村さんは言葉どおり少し早足になった。私の息が切れ始めた。

「ここが森の境界です。あの木が目印です」

歩を止めることもなく、田村さんがどこかを指さした。私にはどの木のことを言っているのか分からなかった。

「行きはよいよい、帰りは怖い」

田村さんはそう言いながら振り向き、私をじっと見た。ドキドキした。

「気をつけてください。この境界を中途半端な気持ちで行ったり来たりすると、自分がどっち側の人間だっただろうかと分からなくなってしまいます。あやふやにしていると、自分の中の大事なものが森の中に吸い込まれてしまって、しまいにはどっちにも戻れなくなります。そうなると、心が空っぽになって記憶も曖昧になってしまいます」

息を切らしながら、適当に相づちを打った。冗談を言っているのだろうと思ったが、田村さんは真顔だった。私は緩みかけた自分の顔を引き締めた。

「でも大丈夫ですよ」と言って田村さんは優しげな笑みに戻した。「やることをちゃんとやって自分の中で明確な意思を持ってさえいれば」

私も笑みを浮かべようとしたが、上手くできなかった。

顔にポツッと水滴が当たった。上を見上げると、細い雨の筋がまばらに落ちてくるのが見えた。それらは、大小無数の葉のおかげで、地面に届く頃には随分限られているようだった。

無言で黙々と歩き続けた。目的地までの距離感が分からずに疲労が一層増しているような気がした。それを察したのか、田村さんが励ましてくれた。

「もう少しですよ」

道が緩やかに左へカーブしていた。それを曲がりきると、平らな直線に変わった。すると、田村さんは真っ直ぐ右腕を伸ばし、向こうを指さした。

「あそこで終わりです」

まぶしい光の円が小さく見えた。どうやらそこがこの森の出口であるようだった。その丸が少しずつ大きくなり、いよいよそこへ到達した。田村さんの足がやっと止まった。

「ご覧ください。よく見渡せるでしょう」

「おぉー」私の口から思わず声が漏れた。

6　巨大な盆地、赤屋根と青屋根

目を見張った。巨大なすり鉢状の盆地を見下ろしていた。

ふと陽が射していることに気づき、空を見上げた。

青い。太陽が左の上空にある。真上には雲の切れ端があって、それは背後から右前方へと流れていた。私たちはどうやらその雲の真下を通り抜けてきたようだった。

右側の斜面に一層の平板な霧がかかっていた。霧の上には背後にそびえる山が迫ってくるようにくっきりと見えた。その中腹から頂にかけ、谷間に沿って真っ白な雪がある。霧の下では、いかにも水分を蓄えたような緑の木々が重々しく重なり合っていた。

「幻想的でしょ。この時期は雪解け水で水量があって、朝方には気温もグッと下がります。日が昇ると、川面から霧が浮かんできて、上からの暖かい空気との間に挟まれるんです。それであそこに平らにとどまっているんです。最近は日差しが強いので、じきに消えてしまいますけどね」

確かに霧は刻々と薄くなり、背後の緑がぼんやりとではあるが姿を現わそうとしていた。

もう一度盆地の全体を見渡した。それはきれいな円形をしていた。人の手でせっせとくり抜かれるか、あるいは火山の爆発とか隕石の落下とかがなければ、これほど丸い輪にはならないだろうというくらいに外周も内周も滑らかな曲線を描いていた。底面の直径は少なくとも五、六百メートルはありそうに見えた。

中心に背の高い鉄塔がそびえている。それを挟むようにして二階建ての少し大きな建物が左右に建っている。右側は赤い屋根で、左側は青い屋根だ。昔の木造の校舎のように、三角の屋根と直方体の建物が合わさっただけのシンプルな形をしている。それらの外壁は、ペンキでも塗ったのだろうか、白い。

曲がりくねった細い道が縦横斜めに盆地のあちこちを不規則につないでいる。住家か小屋だろう、小さな建物が点在している。屋根や外壁が色とりどりだ。黄色とかピンクとかオレンジ色とかだ。

斜面のほとんどは段々畑だ。牧草地もある。何頭かの牛が向こう正面に小さく止まって見える。ぽつぽつと人影がある。農作業をしているようだ。まるで童話の世界にでも入り込んでしまったかのような気がした。

「凄いでしょ。ここを開拓した先人たちは偉大ですよね。私はこの場所に立つと、いつもそう思います。いかがですか？　思い出しましたか？」

私は首を振った。この風景を見たことがあるはずなのに、記憶から抜き去られていた。そもそもここへ来たことがあったのだろうかと考え込まないわけにはいかなかった。現実の世界と分断された別の次元にいるような感覚に陥りそうになった。

「そうですよね」田村さんは息の漏れるような声で言った。少し悲しげな顔だ。「ここでは景色のこともここにいる人々のこともどうでもいいことですから。当然のことです」

「すみません」

「いいえ、気にする必要はありません。それより、草取りは午後からです。お昼までまだ時間がありますから、ちょっと見学をしてください。あの赤い屋根の建物です。今はちょうどスピーチをやっているはずです」

スピーチ？　と思ったが、田村さんが再び歩き出したので聞きそびれた。ふとこの場所が気になってスマホをポケットから取り出した。が、現在地を取得できないとメッセージが表示された。

「残念ですが、ここでは役に立ちません」田村さんはいかにも気の毒そうな顔をした。

私たちはなだらかな坂を下っていった。両脇には、私の胸丈ほどまである茎と葉がびっしりと並んでいた。

「ここの一画では空豆を作っています」田村さんは立ち止まってすぐ傍を指さした。「ほら、空に向かって実がなっているでしょ。だから空豆って言うんです。もう少し大きくなって垂れ下がってくると収穫です。あと二、三日ですね」

茎のあちこちから、十センチほどの艶やかな緑色のさやが上に向かってピンと突き出していた。それは勃起した男の中心部をイメージさせた。同時にさゆりの体を思い起こさせた。表皮が豆のありかをなぞるように膨らみとくびれの曲線を外形に表していたからだ。が、田村さんの声がしてすぐにそれらの想像を振り払った。

「あっち側はトマトときゅうり、その左側ではナスとキャベツを育てています」真正面の斜面を指さしている。「大概のものはここで取れます。冬を越して春になると、雪の下からキャベツとかにんじんとか大根とかを掘り出します。雪の中で寝かせた野菜は驚くほど甘みが増します」

再び歩き始めた。と、不意に右側に女が現われて驚いた。しゃがんでいる。水色のウィンドブレーカーを着ていた。グレーのハットを被り、あごひもをギュッと締めている。若い女だった。野菜の生育の状況を確認しているのか、手帳に何かメモをしている。女の視界には明らかに私たちの姿が入っていたはずだったが、目を合わせることはなかった。

「集中しているんです。気にしないでください」少し先へ歩いてから田村さんは小声でそう言った。

突然左から、ウィーンと大きな音が鳴り響いた。ビクッとして振り向くと、カーキ色のシャツの上からカーキ色のつなぎを着た男が草を刈っていた。カーキ色のキャップを被り、カーキ色のタオルを首に巻いていた。えっ、よく見れば、長靴もカーキ色ではないか。

草刈り機が男の体を軸にして左右に振り回されている。畑の区画と区画の間に作業道があって、男はその道ばたで背の高くなった草を刈っていた。田村さんに気づき、お辞儀をした。ひどく瘦せている。遠目にも頰がこけているのが分かる。笑みはない。耳障りな音にふさわしく、むしろ怒っているような顔をしている。見るからに神経質そうだ。

田村さんは男に応えるように、左手のひらを向こうに見せ、小さく振った。そうして、「あの人は草刈り機とカーキ色が好きなんです」と私の耳元で少し大きな声で言った。「時間に正確でとても几帳面な方なんですよ」

やがて坂が終わり、私たちは平らな道を歩いていた。

赤い屋根の建物は赤屋根、青い屋根の建物は青屋根。ここではそう呼ぶのだと田村さんは教えてくれた。普通の声に戻っていた。草刈り機の音は遠ざかり、いつの間にか気にならなくなっていた。

「赤屋根には本部と教室があります。青屋根は食堂兼共同宿泊施設です。ほかに小さな家がいくつかありますが、それらはハウスと呼んでいます。いかがですか？　少しは思い出しましたか？」

首をふると、田村さんはまたもや悲しげに微笑んだのだった。私もまた、田村さんの期待に応えられなかったことに自己嫌悪した。

しばらくして小さな家の前を通りかかった。屋根はオレンジ色で、壁は淡い黄色だった。

これはBのハウスだと田村さんは教えてくれた。玄関の白いドアにBと書かれた大きな黒い文字があった。花壇があって赤や黄色や青やピンクの花が咲いていた。芝生には洗濯物が物干し竿にかかっていた。その中にはさっきの女と男が着ていたのと同じような形で色違いのウィンドブレーカーやつなぎがあった。

　赤屋根と青屋根が近づいてきた。どう見ても昔の校舎だった。田村さんに聞くと、そうだと言った。元々、赤屋根が小学校、青屋根が中学校だったそうだ。板張りの外壁の白は、防腐塗料で、七、八年に一度塗り替えているのだと教えてくれた。

　二つの建物は五十メートルほど離れていて、その間を中庭と園路が埋めていた。庭の真ん中辺りに塔が立っている。そのてっぺんは二つの建物の屋根よりも随分高かった。子供の頃の記憶にある火の見櫓(やぐら)そのもののようだった。それらの構造物のさらに向こう側でジャージを着た男女が走っているのが小さく見えた。グラウンドがあるようだ。

「ここでは色んなメニューがあります。運動することも草取りと同じくらい大切なメニューです。もちろん自分の心と体に相談して、好きなことだけをやればいいです。やりたくないものをやる必要はありません。ただし、何かしらをやる必要はあります。何もやらないわけにはいきません。何もやらないと、余計なことを考えてしまいますから」

　私たちは中庭に入り、赤屋根の玄関をくぐった。銀縁の丸眼鏡をかけた白髪交じりの男が立っていた。

「ようこそ。お待ちしていました。山野です。お久しぶりです」

ネームプレートに山野とあった。私は覚えていなかった。

「さあ、どうぞお上がりください。まだお昼まで少し時間があります。スピーチを見学してください」

山野さんは目の前のスリッパを指さした。礼を言って後ろ向きに靴を脱いだ時に、田村さんがいないことに気づいた。顔を上げると、向こうへ去って行く後ろ姿が見えた。髪の毛がゆらゆらと揺れていた。とてもがっかりした。

「田村さんはほかに用事があるんです」と後ろから山野さんの声がした。「大丈夫ですよ。彼女ならまた後で会えますから」

私は、心を見透かされてしまったことと、山野さんのことを覚えていなかったこととの両方で気まずかった。さあ行きましょう、と山野さんがすぐ目の前の階段を上がり始めた。目を合わすこともなく、ホッとした。

確かに昔の校舎だった。床も階段も黒光りしていた。かつては防腐のために定期的にコールタールが塗られたり、授業の後、子供たちの手で何度も雑巾がけされたりした床と階段であるようだった。山野さんと私が階段を上るたびに、それはいちいちギィーと音を鳴らした。

7　私たちの心は薄っぺらなのだろうか

二階に上がると山野さんが窓の外を指さした。

「あなたは、ほら、あの斜面を下りてきたんですよ」

目を凝らすと、作業を終えたのだろう、さっきの痩せ細った男が草刈り機を担ぎ、段々畑の坂を下ってくるのが小さく見えた。そのことでなんとなく安心した。私が見た男はちゃんといたのだ、とただそう思っただけだ。けれどもメモをしていた女を見いだせなかったことで、また少し自信がなくなり、不安になった。

廊下に沿って教室が三つあった。それぞれの戸口の柱から飛び出るようにして黒い板がぶら下がっていた。手前から順に第一教室、第二教室、第三教室と白い文字が見えた。廊下と教室は腰壁と格子窓で隔てられている。南向きの窓からの日差しは強い。が、それは廊下を通過する間に弱まり、教室の中に柔らかな光を注いでいた。

第一教室には誰もいなかった。机と椅子が三列に四つずつ並んでいた。ここは読書の教室だと山野さんが教えてくれた。

第二教室には机の代わりにイーゼルがあった。やはり誰もいなかった。

「ここは油絵の教室です」と山野さんは言った。「今日の午前中はたまたま読書と油絵の希望者が少なかったんです。五人以上希望者がいないと授業はできません」

窓の外に塔が見える。私の視線に気づいたのだろう、てっぺんに鐘があるでしょ、と山野さんが言った。

「覚えていますか？　朝と昼と夕方に鳴ります。六時と十二時と六時、それぞれカーンカーンカーンと三回です」

覚えていなかった。塔はやはりどう見ても火の見櫓だった。とんがり帽子の屋根があって、その下に鐘がぶら下がっている。鉄骨で組まれたその構造物はしかし、とっくに耐用年数を過ぎているように思えた。櫓と地面を一本の梯子(はしご)がつないでいるのだが、それはいかにもか細く頼りなさげに見えた。一体誰がこんな危ういものに登るというのだ。私は身震いしてつばを飲み込んだ。

「火事とかの非常時にはカンカンカンカンカンと速く激しく鳴ります。その時は全員、あの向こうのグラウンドに集合することになっています。そういう決まりです。ここではスマホが使えませんが、必要ありません。昔ながらの単純なやり方の方がずっと効率的で効果的です。

今の世の中は何もかも便利になっているようですが、どれもこれも本質を見失って、むやみやたらに複雑で面倒にしていますよね。本来的なことの外側ばかりに目が行ってしまいますでしょ？　上っ面だけ舐めて終わりです。すると自ずと心も薄っぺらになってしまいます。深みというものがありません。そう思いませんか？」

　山野さんがじっと私を見た。私は仕方なく頷いた。

　第三教室から男の声が聞こえてきた。

「ここがスピーチの教室です。お昼までここで見学をしましょう。あなたにとって何かの参考になるかもしれません」と山野さんはひそひそ声で言った。

　格子窓から中が見えた。何人かの男女がいた。それを見やりながら、後ろの戸口に行き、山野さんがゆっくりと戸を開いた。ガラガラと音が鳴ったが、集中しているのか、あるいは、そういう決まりなのか、誰もこっちを見なかった。私が戸を閉めた時もそうだった。山野さんと私は後ろの壁際に横一列に並んだ椅子の真ん中辺りにそっと座った。

　全部で七人いた。輪になって椅子に座っている。どこにも机がない。一人の男が何かを話している。黒の太いフレームの眼鏡をかけ、黒のシャツを着、黒のズボンを穿いている。姿勢がいいせいだろうか、やけに座高が高い。尖ったあごがカクカクと必要以上に上下に動いているように見える。もみあげとあごひげがつながっている。四十代半ばに見えた。ほかの男女は黙って男の話を聞いている。黒板にはと白い文字がある。それは国語の先生が人差し指を伸ばしたままチョークに添え、無駄な力をかけることなく書いたようなとてもきれいで伸び伸びとした文字だった。なんとなく、田村さんの字ではないのだろうか、と思った。

男の声はしばらくの間、ただの音声だった。機関銃のようにとても早口でしゃべっていて上手く聞き取れなかった。が、やがて明瞭な言葉として私の耳に入ってきた。

8　触られたらタンバリンを叩いて逃げろ

「――ですから、男とか女とか関係ないんですよ。性スペクトラムって知ってますか？人間は、ＸＹの男とＸＸの女のたった二つに分けられるわけじゃないんです。男と女、女と男の中間があるんです。男的な女、あるいは女的な男。完璧なＸＸから完璧なＸＹまでの間に、グラデーション的に性は無数に存在するんです。

あ、いや、そもそもこの世に完璧なんてもんはありゃしないんですよ。それに、先人が勝手に決めた定義とかルールとか枠とかにはめられるのはまっぴらごめんです……

あれっ？　何の話をしていたんでしたっけ？　まあ、いいや。

とにかく私たちのこの頭の中にはグニャグニャした脳みそがあって、この胸と腹の中にはやっぱりグニャグニャした内臓があるだけでしょ。それらを骨が守って、その外側を筋肉と皮膚が覆っているだけじゃないですか。

パーツは皆一緒。それが遺伝子だとかなんだとかで皆ちょっとずつ違う。そんでもって、金持ちも貧乏人も、勝ち組も負け組も、誰もがそれ相応に苦悩し続けて、健康なら八十年とか百年とか生きた後でこの世からいなくなってすぐに忘れ去られてしまう。それだけのこと。

そういうのって全宇宙から見たら何の意味もないことだと思うんですよ。だってそうでしょ。私が今こうしてしゃべっているのも、いつかは消え去ってしまうこの頭の中のグニャグニャがそうさせているのであって、皆さんから見えるこの黒縁の眼鏡をかけてひげを生やしたこの見せかけの顔の中のこの口が、この頭の中のグニャグニャの指令に従ってただ動いているだけなんですから」

男の話は突然そこで終わってしまった。疲れ切ったように大きくため息をつくと、がっくりと肩を落とし、俯いてしまった。人形遣いが突然パッと指先から紐を放したせいで、あやつり人形がカクンとうなだれた時の様子に似ていた。

周りの誰かから質問とか意見とかの反応があると思ったが、誰も男に対して何も言わなかった。というより、話の筋がめちゃくちゃに過ぎて、何も言いようがないのだろう。しんとなった。場の空気が重くなってしまった。あんなに一生懸命しゃべっていたのに、と私は男が気の毒になった。

が、ふと男の話にどことなく覚えがあるような気がして、そっちの方が気になりだした。目をつむって思い出そうとしていた時に、突然女の声がした。するとすぐにその話に引き込まれてしまった。

「私はずっと仕事一筋でやってきました」と女は話し始めた。

抑揚のない低い声で独り言のような口調だ。五十代半ばくらいに見える。紫とピンクのストライプのシャツを着、紺色のパンツを穿いている。少し太っている。遠い目だ。

「若い頃に好きな人からプロポーズをされました。ですが、仕事をやめてほしいと言われたので断りました。何故なら私は出世したかったからです。理由は簡単です。両親がだらしなかったからです。

父は自分の出世できないことを、お前がサゲマンだからと言って母のせいにしてばかりいました。そうして毎日毎日暴力を振るっているのを子供の頃からずっと見てきたのです。殴られっぱなしで我慢していた母のようにもなりたくありませんでした。結婚して仕事をやめてしまえば、二人のようになってしまうのは目に見えている。そう思ったのです。

結婚を捨てた私は、誰よりも仕事に打ち込みました。徹夜も平気でした。会社に泊ったことだってありました。上司から飲み会に誘われれば断りませんでしたし、セクハラにも耐え続けました。それらは女の私が出世するために必要なことでしたから。今の世の中では考えられないことばかりでした。ひどい時代でした。

居酒屋で上司の吐くタバコの煙と口臭をできるだけ吸わないように息を止めながら愛想笑いをし続けました。君、オッパイでかいね、と言われれば、奥さんにはかなわないでしょ、などと冗談交じりに上手に受け流さなければなりませんでした。

二次会のカラオケボックスに行けば、隣から私の太ももに手が伸びてくるのが常でした。そんな時はさりげなく立ち上がって、タンバリンを叩く振りでもしてそのいやらしい触手から逃れるしかありませんでした。

とは言っても毎回そんなに上手くかわせられるわけでもありません。時には……　そう、時には、抱かれなければならないこともありました……　いえ、どうでしょう。抱かれたかったのかもしれません。時々無性に人肌が恋しくなりましたから」

女はそこで一度黙った。フッと息を吐いて話を続けた。

「とにかくそうした甲斐だか犠牲だかで私は順調に出世しました。男たちばかりの同期の中でトップです。そのうちに誰かが私のことを羨み、陰でコソコソと悪口を言っているのが耳に入るようになりました。男からも女からも両方です。けれどもそんなやっかみなど全然気にしませんでした。なんと言っても私は出世頭でしたから。

でも違ったんです。全然違いました。私は男女平等社会の広告塔として、いいように使われていただけでした。重責のある中枢のポジションはちゃんと男たちでおさえられていたのです。

そのうちに歳をとって顔がたるみ、二重あごになると、段々飲み会にも誘われなくなっていきました。何歳も年下のはつらつとした女の子が、それまで私に声をかけていた男どもの後ろにくっついていったのです。

私はいつからか無気力になりました。これまでの努力は一体なんだったのだろうと。気がつけば自信を失い、ひとりぼっちであることに寂しさを覚えるようになっていました。

三年前の初夏の夕暮れのことでした。私は街の喧騒の中をぼんやりと歩いていました。その時にふと、幸せそうな家族が向こうから歩いてくるのが目につきました。道行く人々は誰もが誰かと一緒で楽しそうでしたが、その四人家族は飛び抜けて幸せそうに見えたのです。高校生でしょう、制服を着た女の子が父親の腕に絡みつき、何かをねだっているように見えました。それを母親と小さな男の子が隣で笑いながら見ているのです。

四人はどんどんこちらに近づいてきます。次第に賑やかな声が聞こえてきて、とうとう私の目の前にやってきました。ピアノがどうのこうのと女の子が可愛らしい声ではしゃいでいました。きっと女の子の発表会か何かがあって、そこから帰る途中なのだろうと思いました。とその時でした。私の目は、その女の子に優しく微笑んでいる父親に釘付けになったのです。その父親はずっと昔に私にプロポーズした、まさにその人だったのです」

女はそこでまた口をつぐんだ。話を続ける意思を強く持とうとしているのか、肩で大きく息を吸った。そうして再び口を開いた。

9　ショーウィンドウに映るほうれい線

「その人は髪の毛が少し白くはなったものの、昔と変わりがありませんでした。背が高く、引き締まった体型のままでした。白いポロシャツから日焼けした太い腕がニョキッと出ていました。私はあの頃抱かれていた時の、がっしりとした逆三角形の裸を思い出さないわけにはいかなかったのです。

母親の方はほっそりとしたとてもきれいな女性でした。そういえばあの頃は私もああだったわ、とちらと思いました。

四人は夕日が当たって一層輝いて見えました。私は歩道の端で足を止めたまま、四人の姿を見ることに耐えられなくなり、思わず俯いてしまいました。が、すぐに顔を上げました。そしてむしろ彼のことをじっと見つめたのです。何故なら、彼に気づいてほしいという思いが、不意に湧き起こったからです。

私はその時こう思ったのです。私の存在に気づかせ、ほんの少しでもあの頃の私たちのことを思い出させることで、今目の前にいる彼の幸せに水をさしたかったのです。ほんの一瞬でいいから彼の顔から笑みが消えることを願ったのです。この家族の幸せにどうしようもなく嫉妬したのです。私に気づかせるそのことこそが、出世を選んだ私の生きている証であるような気がしたのです。

私の目つきが鋭かったのでしょう。彼が私の方を見ました。目が合いました。けれども私がうろたえて閉じてしまった瞼を再び開けるまでのその一瞬の間に、彼の視線は娘に戻っていたのです。それに彼から笑みが消えることなどありませんでした。きらきらとした白い歯が覗いていました。そうして四人は私の目の前から向こうへと遠ざかっていき、すぐに人混みに紛れて見えなくなってしまったのです。

随分長い間、その場所でぼんやりと立ち続けていました。ついさっきの場面を思い浮かべ、メビウスの輪を歩き続けてでもいるように、いつまでもぐるぐると当てのない思考を繰り返していました。私には、彼が私のことを思い出すに違いないという自信がありました。ですから気づいてくれなかったことでひどく失望してしまいました。

　惨めで仕方ありませんでした。せめてその悲しみが少しでも和らぐようにと、いつの間にか自分に都合のいい言い訳を考えていました。するとそのうちに、ああそうか、と思い当たったのです。

　私は彼から見たら夕日の逆光の中にいたのだと。だから彼には私が黒い影にしか見えずに、私に気づくはずなどなかったのだと。

　辺りは随分暗くなっていました。人通りもだいぶ減っていました。とその時、ふと目の前のショーウィンドウに若い頃に憧れていたブランドのバッグが飾ってあるのが目に入ったのです。それはライトアップされて光り輝いていました。そういえばさっきの彼が、自分がいつか給料をたくさんもらえるようになったらプレゼントするよ、と言ったそのブランドであったことを懐かしく思い出しました。

　私はショーウィンドウに近づき、飾ってあったその手提げのバッグにしばらくの間見とれていました。と、何かしらの違和感を覚えました。なんのことはありません。ガラスに自分の顔が映っていることに気づいたのです。

　今度はそっちに焦点をずらしました。が、途端に愕然としたのです。目の前にあるのはおばあさんの顔でした。何本もの皺がありました。ほうれい線もこれでもかというくらいにくっきりとついていました。ほっぺたは、自分が思っていたよりもずっと垂れ下がり、あごには二重三重の線が見えました。

　あまりにも自分が惨めになって笑っていました。笑いながら涙をこぼしていました。さっきの夕日の中で、仮に彼の目に私の顔がはっきりと映っていたとしても、昔の面影もなく醜くなった私に気づくことなどなかったのだわ。そう思ったのです。

　打ちひしがれたままとぼとぼと歩き始めました。きらびやかなショーウィンドウが続いている通りでした。バッグのお店から洋服店へ、洋服店から宝石店へと移っていきました。私はその宝石店の前で立ち止まりました。浅ましいことに、さっき見た自分の顔が何かの間違いだったのでは、と自分に問いかけていたのです。さっきのは暗い照明のせいだったからだわ、このきらびやかな照明のウィンドウにはきっと本当の私が映っているに違いないわ、と自分にささやきました。

　行交う人々の目を気にすることなく、そっと近寄りました。そうして宝石を見る振りをしてガラスに映った自分の顔をもう一度見つめたのです。結果は同じでした。今度こそ打ちのめされたのです。そうしてその時になってやっと分かったのです。

　彼はちゃんと私に気づいたのだわ。そして咄嗟に目を逸らし、娘に見せていた笑みを絶やさないようにして知らない振りをしたのだわ。君のことは気づいていないからね。ああ、この女と一緒にならないで良かった、頼むからその年老いた醜い顔でこっちを見ないでくれ。そう願いながら私から遠ざかっていったのだわ。今ではそれがあの瞬間の彼と私における真実であったとしか思えないのです」

女の話はそこでパタッと止まってしまった。俯いてしまい、背筋も丸くなった。すると、女のほっぺたが垂れ下がり、ほうれい線がくっきりと見えたのだった。

はて、この女の話もなんとなく覚えがあるような気がする。

目をつぶって、思い出そうとしている時に、今度は若い男の声が聞こえた。私の関心はすぐにそっちに移ってしまった。

10 嘘です。正直に言います

男は七人の中で最も若そうだった。やけに額が広い。前髪がきれいに上に立ち上がっているせいだと気づいた。整髪剤だろう。髪の毛がつやつやと光っている。対照的に目は死んだ魚のそれのように静止して沈んでいた。抑揚のないボソボソとした話し方だった。

「僕は以前、鉄道の要所として栄えてきた街に住んでいたことがありました。電車の車両工場で働いていたのです。それは四つの路線が交差する駅のすぐ近くにありました。完成した車両は、工場からそのまま線路を伝い、東京方面に運ばれていました。

僕は高専卒で、工場には同い年くらいの若者がたくさんいました。ほとんどの社員は地元に住んでいて家から通っていましたが、僕のように縁もゆかりもない遠い場所からやってきて社宅に住んでいる者も大勢いました。皆、いくつもの工程のうちのどこかに振り分けられ、決まった作業を朝から晩まで黙々と行うのです。

僕は骨格の組み立ての班に回されました。誰もがピカピカの仕上げの工程を希望したようでしたが、僕にはその地味で単調な作業の方が合っているようでした。余計なことを何も考えないでいられたからだと思います。ですから休日に何もすることがないと、なんだか落ち着きませんでした。早く月曜になってほしいと思ったくらいでした。

入社して半年ほどが経った頃のことです。おや？　と思ったことがありました。一緒に働いていた同僚たち、とは言っても誰とも話したことなどなかったのですが、彼らが知らないうちに一人、また一人と消えていったのです。

簡単なことです。大概の若者たちはこの閉鎖的な空間で一日中決まった仕事をすることに耐えられなくなってしまい、やめていったのです。僕は正直、忍耐力のない彼らを軽蔑し、心の中で嘲笑っていました。

ところが、三、四年が過ぎた頃です。突然、言いようのない不安にかられるようになったのです。仕事に慣れて変に余裕ができたせいでしょうか、先のことを考えるようになったのです。それに、なんだかんだ言ってやっぱり単純作業に飽きてしまったのです。このまま一生、何十年もこの工場で同じことをやっているのだろうか。たとえ外装や内装の華やかな工程に移ったとしてもすぐに飽きてしまうんじゃないだろうか。そんなふうに頭がいっぱいになってひどく気が重くなったのです。

もちろんそんなことはありません。複雑な作業工程はたくさんあるはずです。経験を積めば積むほど、それに見合った緻密な仕事をこなさなければなりません。あるいは、自分の手がけた車両が完成し、東京かどこかを走るその電車に乗ることができたとしたなら、どんなに感激し、誇らしく思うことでしょう。本人次第でやりがいが消えるわけがありません。

でもその頃の僕は、そんなふうに考えられるほど大人でもなければ、心の余裕もありませんでした。段々仕事に身が入らなくなっていきました。結局僕もやめていったあいつらと同じじゃないか、今頃気づいて、むしろあいつらより鈍感なだけじゃないか。そう思うと、ひどく自己嫌悪したのです。

それでもやめなかったのには、一つの消極的な理由があったからです。それは、僕が社宅から工場に歩いて通う途中に見かける一人の青年の存在でした。その青年は毎日屋根のついたバス停のベンチに座っていました。黒のキャップに黒のスウェット、下はブルージーンズと赤いスニーカー。いつも同じ格好です。バスがやってきてもバスに乗るわけではありません。気味悪く薄笑いを浮かべながらただじっと座っているだけなのです。

ああ、この人は職にあぶれて何もすることがないのだ。心も病んでいるのかもしれない。

そう思いました。段々気になって、可哀想で仕方がなくなりました……

いいえ、すみません。それは嘘です。正直に言います。僕は彼を見下していました。その青年よりは僕の方がマシだと思ったのです。彼を眺めることで優越感に浸ったのです。そしてこう思うようになったのです。

青年よりも優位であり続けるためには、僕は工場で働き続けなければならない。少なくともそうしている限り、この青年を、自分よりも下だと眺め続けることができるだろう。もし働くことをやめてしまえば、僕はこの青年よりも下になってしまうかもしれない。だって僕には毎日ベンチにじっと座っていることなど、とてもできそうにないのだから。

これが、僕が仕事をやめなかった理由なのです。ところが、そうした考えはやがて、絶対に仕事をやめられないというプレッシャーに変わっていきました。単調な仕事に耐えられなくなってしまった僕と、青年よりももっと哀れな姿になるのを恐れる僕との狭間で段々と息苦しくなっていったのです。

ある日のことでした。僕は、とうとうズル休みをしてしまいました……」

11　カーキ色の男、鐘を叩く

「その朝、僕はいつもと同じ時刻に目が覚めました。ですが、どうにも工場に行く気がしませんでした。具合が悪いので休みたいと電話すると、あっさり了解してもらえました。しばしば若手が欠けるせいで、僕の穴を埋めるシフトの調整など簡単なようでした。もう一度寝ようとしたのですが、寝られません。あの青年のことが気になってじっとしていられなくなったのです。

その頃には青年のことをこんなふうに羨ましく思っていたのです。無職でも、どうしたらああやって笑みを浮かべて生きていけるのだろう。僕には到底考えられない。待てよ、ああそうか、あの青年と同じ境地になればいいのだ。そうすれば、誰かからどんなふうに見られようが気にならなくなるに違いない……

ほかの社員たちがとっくにいなくなってしまった社宅をそっと抜け出てバス停に向かいました。青年はいつもと同じようにベンチで薄笑いを浮かべていました。その姿を見ると、不思議なことにそれだけでなんだか落ち着きました。一体この青年は何を考えているのだろうと思いながら、素知らぬふりをして彼の前を通過しました。とその時でした。

『やあ』

それは子供の声のようでもあり、大人の声のようでもありました。周囲には僕と青年以外に誰もいません。聞き違いでなければ、それは僕に向けられた声でした。一瞬迷いましたが、振り向きませんでした。気にはなっても、素性の知れない男と話をする勇気などありません。すると、今度はさっきよりもはっきりとした声が聞こえました。それはしかし、しわがれた声でした。

『おい、そこの君、ちょっと』

立ちどまらないわけにはいきませんでした。恐る恐る振り返り、ドキッとしました。青年が鋭い目で僕を睨んでいました。

『なあ、ちょっと座りなよ。どうせズル休みなんだろ、会社』

どうしてそんなことが分かるのか、と尋ねました。

『そりゃ分かるさ。毎日ここでこうして君のことを見ているんだからね。君が俺を見ているように、俺も君のことを観察していたのさ。お互いさまだよ。フン、それとも君は、俺が頭がいかれていて何も考えていないとでも思っていたのかい?』

僕は言葉が出ませんでした。すると、青年が甲高い声で、はははは、と腹に手を当てて笑いました。いいえ、青年なんかではありませんでした。しわくちゃの顔の老人でした。

『図星か。まあ、いいや。なあ、ちょっとついてきなさい』

そう言って老人は立ち上がりました。見ればすぐそこに黒塗りの車が一台停まっていて、後ろのドアが開いていました。老人は乗り込むと手招きしました。僕がじっとしたままでいると、一生そのままでいるつもりかい、と言ってニヤニヤと笑ったのです。

僕の足は勝手に動き、老人に続いて乗り込んでいました。ドアが閉まると、車は静かに動き出しま……」

カーン。

突然鐘の音が鳴り響いた。それはあまりにも大きな音で私の体をビクッと震わせた。私は廊下の向こうの窓の外に目をやった。塔のてっぺんが見えた。

カーン。

カーキ色のシャツとカーキ色のつなぎを着て、カーキ色のキャップを……　長ったらしいので、カーキ色の男、と呼ぼう。そのカーキ色の男が鐘を叩いたのだ。黄色っぽい木槌（木槌だと思う）を手にしている。草刈り機を振り回していたあの男だった。

腕時計を見ると長針と短針がぴったりと重なっててっぺんを指し、秒針が文字盤の2を通過するところだった。時間に正確で几帳面。田村さんがそう言っていたのを思い出した。鐘を叩くのはこの男にふさわしい仕事であるようだった。

それにしても鐘の音は、思っていたよりもずっとずっしりとした重い音だった。以前に聞いたことがあったような気もしたし、なかったような気もした。上手く思い出せなかった。その二つ目の音の余韻が消えるか消えないうちに、カーキ色の男が右腕を大きく振りかぶった。次の瞬間、それが渾身の力を込めて鐘を叩いた。

カーン。

その音に耐えるために腹にギュッと力を入れなければならないほどだった。その力が緩まないうちに、カーキ色の男は木槌を足下の箱の中にしまい込んだ。そして梯子につかまるとスルスルと下り、あっという間に姿を消したのだった。

ガラガラと戸の開く音が聞こえた。見れば七人の男女がぞろぞろと前の戸口から出て行くところだった。さっきの男のスピーチは尻切れトンボになった。が、私の中である記憶がまざまざと浮かんできた。そのことを考えようとした時に、山野さんの声がした。

「さあ、お昼です。食堂に行きましょう。向かいの青屋根です」

私は山野さんの後について第三教室を出た。扉を閉める時に、七つの椅子が等間隔できれいな輪を作っているのを一瞬うっとりと眺めた。けれども三百六十度が七では割り切れないことに気づき、もやもやとしたのだった。

私たちは最初に上がってきた時の階段とは反対側の階段を下りた。その階段もいちいちギイーと鳴った。踊り場にはステンドグラスがあって床に色とりどりの柔らかな光を投射していた。

一階に下りると、すぐそこに理事長室と書かれた看板がぶら下がっていた。その部屋と廊下を隔てた格子窓は曇りガラスで、中の様子は分からなかった。ひっそりとしていた。理事長はいるのか、と山野さんに尋ねた。

「いいえ。理事長はほとんどここにはいません。あの人はいつもどこかで草取りの必要な人々、つまり人生の何か拠り所のようなものを見失ってしまった、そういう人々を探していますから」

「そうでしょうね」と私は言った。

隣の部屋の看板には、本部事務室とあった。教室二つ分くらいのスペースに大きなデスクが七つか八つゆったりと配置されていた。四、五人の男女がいて昼食を手にしていた。田村さんはいなかった。

一人の女が卵焼きをつまんで口に入れるのが見えた。水色の弁当箱でピンクの箸だった。自炊をしているようだった。それにしても、女はひどく物憂げな顔をしていた。よく見れば、ほかの男女もなんだか遠い目をしていた。

田村さんはどこで何を食べているのだろう。もう一度見回したが、その姿はなかった。私はがっかりしたまま、山野さんの後をついて行った。

12　ショートカットの女の子

外に出ると、私たちは中庭の園路を歩いた。それまで一体どこにいたのか、ぞろぞろと人が集まってきた。若者もいれば私よりもずっと年配に見える人もいた。半分は作業着を着ていた。農作業か草取りをしていたのだろう。

「青屋根は外見からだと木造に見えますが、十年ほど前に鉄骨を組み入れて改修してあります。一階が食堂で、中央のあそこが入り口です」と山野さんは言った。

次から次へと人が入っていく。もう食事を終えたらしく、中から出てくる人たちもいる。一階の左半分がほとんどガラス張りになっていた。大勢の人々が食事をしているのが見えた。

「二階が宿泊施設で入り口は右端にあります。一人部屋が二十、それと二人部屋が八つ。今は二つか三つ空いていたと思います」

見上げると、どの窓も閉まったままで白いカーテンが引かれていた。テレビか何かで見たことのあるどこかの精神病棟のようなイメージが浮かんだ。

入り口の前に緑色の大きなマットが二つあった。私は山野さんを真似て濡れたマット、それから乾いたマットの順に靴の裏をこすりつけた。消毒なのだと山野さんは教えてくれた。入ってすぐ長いカウンターがあった。それが左半分の食堂と右半分の厨房とを隔てるようにして一階を分断していた。私たちは列の最後尾に並び、トレーを手にした。

改修の成果なのだろう、食堂は太い柱が四、五本あるだけで広々としていた。自然光がふんだんに採り入れられ、とても明るかった。ざっと百人は座れそうなテーブル席がほとんど埋まっていて驚いた。男女半々くらいだ。ガヤガヤと声がして賑やかだった。誰もが楽しそうに誰かと話し、笑っているように見えた。

「今日はカレーライスですね」と山野さんが言った。「ここのはとても美味いんですよ」

並と大の二つの看板がぶら下がっていた。山野さんも私も並盛りの方をトレーに乗せた。それからサラダの皿、スプーンと箸、それにコップを加えた。

空席を探して奥へ歩いて行くと、「山野さんこっちこっち」というのが聞こえた。元気なハリのある声だった。中庭側の窓際でショートカットの女の子が手を振っていた。彼女の目の前にちょうど二つ席が空いていて私たちはそこに座った。彼女が私に会釈をしたので私もそうした。日焼けしていて白のTシャツがとても似合っていた。

女の子の皿は空だった。山野さんがポットを手にし、コップに水を注いでくれた。私は礼を言い、それからカレーライスをすくって口に入れた。特にどうと言うほどのこともないカレーライスだった。

「今日帰るんだっけ？」と山野さんが女の子に話しかけた。

「ええ」と女の子は言った。屈託のない笑顔だ。

「どう？　調子は」

「まあまあです」

「そう。それは良かった」

「でもほんとはまだちょっと自信がないんですけどね」女の子は笑みを消し、ため息をついた。

「自信なんて誰だってないさ。自信があるように見える人ほど不安を抱えているものだよ。自信を持てば持つほど、その自信を失わないようにとどんどん必死になって、かえって不安になってしまうものだからね」

　女の子は一度ギュッと口を真一文字に結んだ後で、そうですね、と言った。それからグラスを手にして水を飲み干し、笑みを戻した。

「今回はどのくらいここにいたんだっけ？」と山野さんが言った。

「一週間です」

「えっ、たった一週間？　予定だと一か月じゃなかったっけ」

「ええ。でも、もういいかなって思って」

「そっか、一週間か。それにしても前に比べたら随分短くなったね」

「ええ、だって……」と言って女の子は口を閉じた。何か言いかけたのをやめたみたいだった。「そんなことより、山野さん」

「なんだい？」

「タナカさんとクロダさんは大丈夫かしら？　さっき赤屋根から出てくるのを見たんだけど、二人とも俯いたままハウスの方に行っちゃったわ」

そう言って女の子は窓の外をちらと見た。ハウスの方向であるようだった。

「また今日もお昼食べないのかしら、あの二人。昨日もおといも誘ったんだけど、返事もしないの。二人ともどうやらお昼寝してるみたいなの。寝不足なのかなあ」

「大丈夫だよ、きっと。それに二人のことは田村さんがちゃんと見てくれているからさ」

「ならいいけど」

「うん。だから君は何も心配しなくていいんだよ。人のことはいいから、自分のことだけ考えなさい」山野さんは口をもぐもぐしながら言った。

「じゃあ、そろそろ行きますね」と女の子は言った。「ハウスに戻って支度しなきゃ」

「あ、そうそう、ハガキは出してあるんだよね？」

「すみません、まだです」

「帰る時に忘れずに本部に出してね」

「そうですね」

「出しておくだけで安心できるから。今度ハガキが行く頃には、ここのことをすっかり忘れているかもしれないし、ハガキが届いても、もう来たいと思わなければゴミ箱に捨ててしまえばいいんだし、ハガキが届く前にやっぱりこっちに戻りたいって思えば、連絡をくれればいつでも来ていいんだから」

「はい。ありがとうございます。それじゃあ」

女の子は立ち上がってトレーを持つと、ちょこんと頭を下げた。そうしてカウンターの返却口の方に去って行った。彼女がいなくなってしまうと、辺りはさっきよりもずっとガヤガヤしているような気がした。

「あの子は裕福な家庭の一人娘です」とおもむろに山野さんが口を開いた。「父親は内科医で大学病院に勤務していますし、母親はどこかの商社の役員だったと思います。とても優秀です。ストレートで医学部に入ったんですけどね。しばらく前からちょっと考えすぎて、今はほんの少し回り道をしているだけです」

沈黙が訪れた。山野さんがいきなり黙々と食べ始めたからだ。私が半分も食べ終わらないうちにカレーライスを平らげた。それから放り込むようにしてサラダを口に入れた。最後に水を一気に飲み干すと、再び話し始めた。

「ここにやってくるのは、皆、真面目で優秀な人たちばかりなんです。ずっと上手くいっていて、なんにも問題なんかなかったのに、急に調子を崩しちゃったんですね。あなたもそうなんでしょ?」

　そうかもしれない、と思った。

「私の経験からすれば、自分が上手くいっているって意識した時ほど危ないものなんですよ。何かに熱中している時は、そんなこと考えもしません。ふと優越感に浸ったりしたら要注意です。仕事から帰ってきてドサッとソファに身を投げるでしょ。心地よい疲れを感じながら目を閉じ、周りの人間と比較するんですよ。サラリーマンなら、そうですねえ……

　ああ、あいつらと比べたら、俺はなんて上手くいっているんだろう、フフン、もう大丈夫だ、この先出世街道から外れることはないな、ってな感じでしょうか。

　でもそういうのが落とし穴なんです。慢心ってやつです。ウサギとカメのウサギです。アリとキリギリスのキリギリスです。

　あれっ、なんか変だな、って思った時はもう遅いんです。それでも、気のせいだな、大丈夫だな、って自分に言い聞かせてやり過ごします。でもそのうちに、誰かが追い抜いていくのを目の当たりにします。最初の一人ならまだしも、二人、三人と続くともう勘違いなんかじゃありません。なんであいつが俺よりも、と混乱します。

　どこかで間違ったんだ、一体どこで間違ったんだろう、と過去を振り返ります。すると、いくつかの分岐点が思い浮かびます。その全てで間違った道を選んだことに気がつき、愕然とします。そうして慌てふためいたり、誰かに八つ当たりしたりします。何の解決にもならないのにね。

やがてすっかり自信を失い、失望するのです。それでも過去の華々しい栄光が頭から離れることはありませんし、自分の陥った境遇は一時的なもので、すぐにリカバーできるのだと信じて疑わないのです。

そんなふうにしがみついている限り、苦悩は続き、そこから逃れることはできません。ですが、結局遅かれ早かれ、ほとんどの人々はどこかの時点で今度こそ何かを諦め、代わりに別の居場所を求めようとするのです。けれどもそれを探し当てることができずに、ちょっとおかしくなってしまう人々が少なからずいます。そうした人々を回復させるのに最も適した方法が……」

そう言って山野さんは私の目をじっと見た。首をクイッと曲げ、あごを上げた。私に回答を求めているようだった。

「草取りですね」仕方なく答えた。

山野さんは満足げに微笑んで頷いた。

「そうです。草取りです。草取りが一番です。何も考えなくていいですから。余計なことは何もね。ただ目の前にある草を取るだけです。取り続けるだけです」

山野さんはそこで黙った。上を見上げ、恍惚とした顔をしていた。自分が草取りをしているのを想像しているようだった。が、ハッとした顔つきをして視線を私に戻した。

「でも都会だと満足のいく草取りってのは難しいですからね。家の庭に生えているなんてのはたかがしれています。マンションならせいぜいベランダのプランターに生えたちょびひげみたいなものしかないから悲惨です」

バラが植わったプランターのことを思い出した。まあ、そうかもしれない、とは思った。

「かといって公園で一人で草取りなんかしてたら、すぐに警察官がやってきて職務質問をされるでしょう」

「そうでしょうか？」と私は言った。職務質問だなんて、大袈裟な、と心の中で笑った。けれども過去の記憶がフッと浮かび、確かにされるかもしれない、と思い直した。

「その点、ここは最高です。肥沃な土地で短期間で何度も生え替わります。今日はあそこのここまで、と目標と計画を持ってやりたい人はそうすればいいし、とにかく好きなだけ、という人は何も考えずに思う存分取ればいい。自由です」

山野さんは窓の外を指さした。陽が当たり斜面の畑が光っていた。朝、森を抜けて出た時にまだあったはずの雲はもうどこにも見当たらなかった。

「ここは有機栽培ですから、除草剤なんてまきません。だから安心して取ることができます。取れば取るだけ充実感が得られ、満足することができます。その積み重ねで回復することができるのです。ここに来る人たちは皆、幸運の持ち主ですね。もちろんあなたも」

私はなんとなくすっきりしないまま頷いた。

「コーヒーを飲みましょう」と言って山野さんは立ち上がった。「ブラックですか?」

はい、と私が頷くと、山野さんはスタスタと向こうへ行ってしまった。再びガヤガヤした声が耳に入ってきた。見渡すと、誰もが誰かと話しながら笑みを浮かべていた。窓の外では誰かと誰かが並んで楽しそうにどこかへ歩いていくのが見えた。けれどもそれらはただそういう光景があるというだけで、特に羨ましいとは思わなかった。

向こうに広がる畑に目をやった。そこで草取りをしている自分を思い浮かべた。そうしてその想像にうっとりとしそうになった。だからさっきの女の子が傍に立っていたことに全然気がつかなかった。

13　草取りは草取りさ

「なあんか、ほっとけなくて戻ってきたの」

女の子の声で我に返った。

「おじさん、見かけない顔だから」

「うん、今朝着いたばっかりだからね」と私は言った。

「余計なお世話かもしんないけどさ。悪いこと言わないから、こんなとこ長居するもんじゃないわよ。さっさと出てった方がいいわ。結局はさ、逃げないで真正面から立ち向かわなければならないってこと。人の目なんて気にしちゃいけないの。歯を食いしばって自分で解決するしかないってこと。私の場合、それが分かるまでちょっと時間がかかっちゃったけどね。おじさんだってほんとは分かってるんじゃないの？」

女の子はそう言って、ウフフ、と思い出し笑いのように笑った。

「さっきも嘘ついちゃった。ハガキを本部に出すなんて、これっぽっちも思ってないもの。さっさと帰るわ」

女の子の瞳がちらと動いた。その視線を追って振り向くと、向こうから近づいてくる山野さんの姿があった。

「ま、おじさんの勝手だけどさ。じゃあね、元気でね」

女の子はバイバイと言って小さく手を振ると、小走りに去って行った。彼女の話は、膨らみかけていた私の高揚感を幾分萎えさせた。女の子の姿が見えなくなってしまうのと入れ替わりに、後ろから声が聞こえてきた。山野さんが見知らぬ女と親しげに話をしていた。二人とも紙コップを手にしていた。

女は向かい側のさっき女の子が座っていた席に座った。田村さんよりも少し若そうに見えた。前髪がきれいに七三に分かれ、あごの下辺りで毛先が外側に跳ねていた。鼻筋が通り、頬骨が浮き出ていた。デニムのつなぎの左胸に、遠藤と印字されたプレートがあった。

「初めまして、遠藤といいます。よろしくお願いいします」と遠藤さんは言った。

よろしくお願いいします、と私も言った。山野さんが、どうぞと言って私の目の前に紙コップを置いた。私は礼を言った。口をつけると、それはインスタントコーヒーとドリップコーヒーが混ざったような中途半端な味だった。

「午後は遠藤さんと一緒に草取りをしてください」と山野さんが言った。

「今日はちょっと日差しが強いですね」と遠藤さんは言った。「でも気温はちょうどいいですし、それなりに風もあります。気持ちよくできると思いますよ」

私は無性に草取りがしたくなった。一刻も早くだ。だから立て続けに紙コップに口をつけた。それなのに山野さんも遠藤さんも世間話のようなものをし始め、のんびりとしていた。二人の紙コップの中は黒いままで一向に減りそうもないのだった。時折、あははとか、うふふとか呑気に笑った。

まるで二人きりの世界にいるようだった。イライラした。二人が私を焦らしてやろうと、わざと意地悪をしているのではないかとさえ思ったほどだった。ところが、いつの間にか二人から笑みが消え、真面目な顔で会話をしていた。私は空になった紙コップを手にしたまま仕方なく耳を澄ましていた。

「それで？　ミユキさんは？」と遠藤さんが言った。「今日帰るんでしょう？」

ミユキさん、というのはどうやらさっきの女の子のことのようだった。

「うん。でもちょっとね……」と山野さんが言った。「様子が変なんだ。前はあんなんじゃなかったのになあ。もっと素直だったんだけどなあ。まだ全然回復していないんじゃないかなあ」

「そう。あんなに草取りをしたのに？」

「あんなに草取りをしたのにね」

そう言って山野さんは一度フウとため息をついた。

「仕方がないよ。ごくまれにああいう子もいるさ。可哀想に。何度かカウンセリングをしてあげたんだけどね。彼女は、なんて言うか、草取りそのもののことを考え始めちゃったんだね。私は何故ここで草取りをしているんだろうとか、草取りをして一体どうなるっていうんだろうとか、そんなことさ。それじゃダメだよね。

草取りは草取りさ。人が人を殺しちゃいけないとか、自分で死んじゃいけないとかってことと同じくらいこの世の絶対的な摂理みたいなものだからね。草取りの意義なんて考えない方がいい。答えのない自分の存在意義を考えるようなものさ。そんなことばかり考えていると、頭と体がちぐはぐになって呼吸さえ上手くできなくなってしまう。

そんなふうにならないために、あるいはそういう状態から回復するために草取りをするのに、その肝心の草取りがミユキさんにとってはむしろマイナスに作用してしまったみたいだね。僕の言っている意味、分かるでしょ？」

遠藤さんは心酔したような顔つきで二、三度大きく頷いた。私にはちんぷんかんぷんだった。それにさっき私に忠告のようなものをしてくれたあの女の子はとてもはつらつとしていた気がする。少なくとも、彼女が何か悪い状態にあるようには見えなかった。

「あの……」と遠藤さんが何かを言いかけて口をつぐんだ。

「何？」

「実を言うと、私も自分のことが心配なんです。最近草取りをしている時でも、気がつくと別のことを考えていることがあるんです。時々ですけど」

「別のことって？」

「それはちょっと……」

そう言って遠藤さんは少し恥ずかしそうにもじもじした。とろんとした目で山野さんを見つめている。どう見ても、あなたのことよ、と言っているように私には思えた。

「大丈夫。遠藤さんのはちゃんと回復に向かっている兆しだよ。全然心配いらないよ」

気づいていているのかいないのか、山野さんはそう言ってフフと笑った。

「そうかしら……」

遠藤さんは山野さんをじっと見つめた。山野さんも遠藤さんをじっと見つめた。二人とも笑みを浮かべたまま、沈黙した。と、ハッと我に返ったように山野さんが腕時計を見た。

「おっと、そろそろ準備した方がいいんじゃないかい」

「まあ、こんな時間」

二人ともようやくまともに私の方を見た。

もうじき一時だった。

「じゃあ行きましょうか」と遠藤さんが私に言った。

食堂の中はいつの間にか閑散としていた。皆各々どこかへ行ってしまったようだった。外に出ると遠藤さんが山野さんに可愛らしげに小さく手を振った。山野さんは、じゃあと言って赤屋根の方に去って行った。スピーチか読書か油絵の人たちなのだろう。その赤屋根にぞろぞろと人々が入っていくのが見えた。

私は遠藤さんの後について歩いた。遠藤さんの背中に細い草がくっついていた。手を伸ばし、それを取りたい衝動に駆られた。そうしないために隣に並び、視界にそれを入れないようにしなければならなかった。これから思う存分取ることができるのだから、と自分に言い聞かせた。

14　役立たずの防犯カメラ

県境に近いこの巨大な盆地から、直線距離で七十キロほど離れた場所に本州日本海側最大の都市がある。その中心部からＪＲで二駅分ほど南下したあたりの、とあるマンション。

一階フロアの防犯カメラが人影を捉えた。たった今、外から入ってきたばかりのようだが、性別、年頃共に判別がつかない。画像がひどく暗くてぼやけているのだ。

二日前、このフロアの隅で脚立に乗っていた作業員によれば、確か修理は今日木曜日の夕方。ということは、昼下がりの今はまだ故障したままらしい。役立たずだ。

それにしても影は挙動不審である。行ったり来たりしている。どうしようか迷っている様子だ。

おや？　消えた……

ああ、エレベーターに入ったのだ。ん？　こっちのカメラも同じだ。ひどく不鮮明だ。フロアのカメラの故障のせいだろう。きっと連動しているのだ。

一番上のボタンだろうか。光っているのが分かる。八階建てだから、八階のボタンだろう。

扉が開いた。

影が出て行った。

15　田村さんは？

斜面に向かって歩いている人影がちらほら見えた。一人ぼっちでとぼとぼと歩いている人もいれば、二人仲よさそうに身振り手振りで話したり、腕を組んだりしている男女もいた。

「専業主婦だったの、私……」と遠藤さんが口を開いた。

「毎日朝食とお弁当を作って、夫と息子が出かけると掃除して洗濯して買い物してまた夕食を作って、それで幸せだったの。でもね、ある日ふと、私ってなんでこんなことをしているのかしらって思っちゃったのよ。突然、何の脈絡もなくよ。

そしたら次々と変なこと考えちゃうわけ。私ってこんなことするために生まれてきたのかしらとか、このままこうしていつか死んでしまうんだわとか、だとしたら、私、っていうこの私は一体何なんだろう、ってな感じ……」

そんなふうに考えるのは普通によくあることではないか、とちらと思いながら、私は話を聞いていた。

「そしたらもうダメね。なあんにも手につかなくなったの。家に閉じこもってただじっとしているだけ。夜もちっとも眠れなくて、それでとうとうおかしくなっちゃったのよ。お医者さんは、ま、軽い鬱ですねって薬をくれたけど、全然効きやしない。夫は献身的に私を支えてくれたわ。息子は、夫の実家が近かったから、そっちに預けて……

そういうのが二か月くらい続いたかな。ある時、久しぶりに鏡を見たの。そしたら、誰これ、って首を捻っている女がいるじゃない。もちろん私よ。顔はむくんでパンパン。目は縄文土器の土偶みたいにもっこりと腫れているし、髪はぼさぼさのチリチリよ。当たり前よね。何にもしないで、ただベッドの上でゴロゴロしていたんだから。

ああ、夫はこんな醜い女に何にも言わないで、食事を作ったり洗濯をしたりしてくれていたんだわ。そう思ってつくづく自分が嫌になったの。それでふらふらと家を出たの。どこか誰も知らない場所に行って野垂れ死んでしまおうって。

そしたらね、駅前でビラを配っているおじいさんがいたのよ。大勢人がいたのに、何故かちょっと目が合っちゃったわけ。そしたらスルスルと私のところへ寄ってきたのね。そうしてこう言ったの。

『あなた、ひょっとして自分のことが何だか分からなくなっているんじゃないのかい』

ドキッとしたわ。それから二人ベンチに座って、つい自分のことを話しちゃったの。おじいさんは親身になって聞いてくれたわ。

『奥さん、これはね、あなたみたいに、本当は幸せで何にも問題がないのに具合が悪いって女性にピッタリのやつなんだ。自暴自棄になる前にだまされたと思ってここへ行ってみなさい』

で、そのビラを見てここへやってきたのが最初。ほら、整体の初回半額お試しコースみたいなやつよ。その時に駅で出迎えてくれたのが、山野さんだったの。絶対に治りますよ、って言ってくれたのよ。

半信半疑だったけど、大正解。だってそうでしょ、何にも考えないで時間があっという間にすぎるんだもの。頭はスッキリするし、ちょうどいい疲れで、ぐっすり眠れたわけ。それですぐに元の生活に戻れたの。だけどね、時間が経つと、またちょっと具合が悪くなって、で、またここへやってきたの。その繰り返しなの」

「何回目なんですか？　ここ」と私は聞いた。

「さあ、何回目だったかしら。まだ十回くらいじゃないかしら」

「えっ、十回⁉」驚いて思わず声が出た。

「あら、私なんてまだ少ない方よ。私ね、ここのメニュー、ほとんどこなしちゃったのよ。草取りはもちろんだけど、野菜の栽培管理も放牧の手伝いも、もちろん読書も油絵もスピーチも。グラウンドを走るのはちょっと苦手だから一度きりだったけどね。

田村さんは、あなたは優等生だわ、もう大丈夫よって太鼓判押してくれたのよ。でもやっぱりちょっと自信がないの。完璧に治したいのよ」

田村さんに褒められたらどんなに嬉しいだろう。そう考えると十回は決して多くはないか、と思い直した。

「そのうちにお金のことがちょっと心配になってきちゃって。そしたら田村さんが勧めてくれたの。だったら本部の仕事を手伝って優待制度を使えばいいって。お手伝いって言ったって、あなたみたいな新人さんを案内してフォローしてあげるくらいのことなんだけどね。とにかくそんなわけで、今は半分本部の職員なのよ。ほら、これ」

遠藤さんはそう言って左胸の名札のプレートを指さした。

「これ、本当は本部の事務の人たちがつけるプレートなの。私は少し前までこっちに24番のワッペンをつけていたのよ」

遠藤さんの指先は左腕に移っていた。そこには白の丸いマジックテープがあるだけで、ワッペンはついていなかった。実はね、と言って遠藤さんは続けた。

「山野さんも前は私と同じだったのよ。あの人もしばらくの間優待制度を使って、結局向こうに戻らずにここの正職員になったんですって。ていうか、本部の事務室にいる人たちはほとんど皆そうなの。あ、このこと内緒よ」

田村さんは？　反射的にそう聞きそうになった。が、やめた。知らない方がいいような気がしたのだ。頭の中はしかし、グルグル回り出した。

いくらなんでも田村さんは違うだろう。いや、どうだろう。彼女もまた私たちと同じで、この盆地に誘い込まれたのだろうか。だとしたら、田村さんがもっと身近な存在になるような気がする……　いやいや違う。それじゃあ、田村さんのイメージが崩れてしまう。どんなイメージでどんなふうに崩れてしまうのか上手く言えないけど……

遠藤さんの声がして我に返った。

16　その快感は $y = ax^2$（$a > 0 \wedge x \geqq 0$）の曲線のように逓増する

「最近、そういうのもありかなあってなんとなく思っているの。その、つまり、ずっとここに居た方がいいのかなって……」

心なしか、遠藤さんの声がしおらしく聞こえた。

「夫にはずっと迷惑かけっぱなしだし、私と別れてもっといい人と一緒になってもらった方がいいような気がするの。息子だって私より夫に懐いているし」

遠藤さんが急に立ち止まった。そこは斜面の手前で、道の脇にログハウス造りの小屋が二つ並んでいた。右側には男の、左側には女のピクトグラムがあった。

「ここで着替えて。8番のロッカーを使ってね」と遠藤さんが言った。

中には誰もいなかった。細長いロッカーがコの字型に並んでいた。1番から30番まであった。言われたとおり8番の扉を開くと、つなぎと帽子と運動靴があった。着替えると、どれも私の体にぴったりだった。財布とスマホと自宅の鍵をロッカーに入れた。少し迷ったが、最後に万年筆も入れ、鍵を締めた。

外に出ると、遠藤さんが私に軍手と何枚かのビニール袋を渡してくれた。隣の小屋から持ってきたみたいだった。

「さあ行きましょう。この斜面の上の方よ」遠藤さんは坂の上を指さした。

真上から太陽の光が射していた。足元で五十センチほどに縮んだ私の影が一緒にもごもごと坂を上った。朝盆地を見下ろした時に立った場所とちょうど反対側の斜面にいるようだった。右側に牧草地があった。牛が十数頭放されていた。どの牛も首が垂れ、黙々と草を食んでいた。

左の斜面には畑が広がっていた。緑の列が横に整然と並んでいた。私の肩の高さほどの支柱に茎と葉がからみついていた。

遠藤さんが急に左に折れ、畑の中に入っていった。するとその姿はすっぽりと隠れてしまった。ピッタリ後をついていかないと見失ってしまいそうだ。私はわくわくしながら後を追った。

「ここの一帯はトマトの区画なの。早いものは、もう二、三週間もすると収穫かな」

よく見ると葉と茎の間に小さな緑の玉があちこちにいくつも顔を出していた。どれもつやつやとしていた。固そうだった。

「それにしてもきれいですね。雑草なんてないじゃないですか」と私は言った。地面にまともな草が見当たらずに心配になった。

「ああ、ここはそうよ。だって私が昨日取ったばかりだから。大丈夫、心配しないで。すぐ向こうにいっぱい生えているから」と言って遠藤さんはウフフと笑った。

彼女の言葉どおり、少し先に行くと手つかずの雑草が一面に生えていた。ホッとした。

「この辺りはね、十日くらい前に取ったばかりなのよ。今の時期はあっという間に伸びるから」と言って遠藤さんは地面を指さした。「あなたはこの列を向こうの端までやって。私は隣の列をやるから。ゆっくり焦らずにやりましょう」

「はい」

「草も根も両方よ。一つ一つ丁寧に。地面の上と下は一体だから。根がなければ草はないのだし、草があるなら必ず根があるでしょ。ちょうど私たちの全ての言動に表と裏があるようにね。明るく愛想よく笑っているなら、腹の中ではしかめ面で嫉妬しているのだし、いかにも同情して心配そうな顔をしているなら、本当はしめしめとほくそ笑んでいるに決まってるでしょ。そういう表と裏の両方を取り除くってこと。分かるでしょ？」

「はあ」分からなかった。

「そういう表と裏があるから私たちは苦しむの。だからその苦悩から逃れるには、両方を完璧に取り除くしかないの。取り除いてしまって、そんなものは最初からそもそもなかったことにするしかないの。ほんの少しでも根を残してはいけないの。少しでも残したら、またすぐにそこから生えてくるから」

「ええ」そんなふうに言われればまあそうかもしれない、と思ったくらいの中途半端な、ええ、になった。

「さあ、思う存分取ってちょうだい。それじゃあまた後で」

遠藤さんはそう言うと、くるりと背を向けた。

「あの」と私は呼び止めた。「草取りはいつまでやるんですか？」

「一応五時までだけど。じゃあね」

あの、と私はまた呼び止めた。何よ、といった感じで遠藤さんは眉間に皺を寄せた。遠藤さんは遠藤さんで一刻も早く草取りに取りかかりたいようだった。

「ぶっ続けでやるんでしたっけ?」

「もちろん嫌になったり飽きたりしたらやめてかまわないわ。休憩も自由」と言いながら、遠藤さんは露骨に顔をしかめ、はあーとため息をついた。「分かったわ。途中でちゃんと休憩しましょう。私が声をかけるから。安心して」

そう言うと、今度こそきっぱりとした態度で私に背を向けた。そうしてあっという間に隣の畝(うね)へと姿を消した。

私はしばらくの間、ぽつんとそこに突っ立っていた。これから好きなだけ草取りができるのだと思うと、かえってためらってしまった。豪華な食事がこれでもかと並んでいるテーブル席に座った時のように、どこから手をつければいいのか、ちょっと悩んだのだ。

とりあえずしゃがんだ。日陰の中で目線を低くして辺りをじっと眺めた。草はよりどりみどりだった。長いのと短いのとその中間くらいのがあった。長くてもせいぜい十センチほどだった。手で取るにはうってつけな草ばかりだった。

おもむろに目の前の草の根元を右手の親指と人差し指と中指の三本でつまみ、ゆっくりと引き抜いた。すると、地面の中で根が一本一本プツプツと土の粒子から剝がれていく感触があった。それはきれいに抜けた。右手をぶらぶらと振り、まとわりついている無数の土の粒を振り払ってビニール袋に入れた。

透明の袋の中でそれは、緑色と薄茶色の新種の生物の標本のように見えた。私は、葉巻好きな人が久しぶりに葉巻をくゆらした時のように、至福の時間を味わった。

　最初の草を抜いてしまうと、もう何も迷ったり、ためらったりすることはなかった。私は次から次へと草を抜き始めた。右の畝を少し進んでは後戻りして左の畝に、同様に左側を進んでは右側に戻るというのを繰り返した。そうやって少しずつ前進していった。袋の中にどんどん緑色と薄茶色が溜まっていった。日差しは強かったが、時々畝と畝の間を気持ちのいい風が通り抜けていった。

　途中から自制が効かなくなっていたと思う。頭も体も、私が思っていたよりもずっと草取りを欲していたのだ。草を抜き取るたびに快感に浸った。大学の経済学の授業で習った限界効用逓減の法則（※）は、草取りには全然当てはまらなかった。いくらやっても満足の度合いが小さくならなかった。それどころか、$y=ax^2(a>0 \wedge x \geq 0)$（かつ）の曲線のように、むしろ逓増していくように思えてならなかった。

　ひと草ひと草取るたびに私の中で何かドロドロしたものがどこかへ消え、代わりに何もない真っ白な空白が少しずつ増えていくような感覚があった。その連続だった。そんなふうに意識したり、感じたりしたのが、一体いつまでだったのか分からない。私の意識はどこかの時点からぷっつりと切れていた。

　誰かに肩を叩かれ、名前を呼ばれているのに気がついた。振り向くとそこに田村さんが立っていて驚いた。

17　それがルールです

「随分一生懸命ですね」と田村さんは言った。

私は返事もできずにしゃがんだまま見上げていた。田村さんの笑顔を見出そうとしたのだが、薄暗くてよく見えなかった。太陽が山の陰に隠れてしまったせいだと分かるのに一定の時間を要した。腕時計を見ると六時半を過ぎていた。

「遠藤さんが休憩しましょうと声をかけたそうですが、あなたがあまりにも没頭していたのでそのままにしたそうです。それから五時になったので、同じように声をかけたのに相変わらずだったんですって。しばらく様子を見ていたらしいのですが、さすがに心配になって私を呼びに来たんです」

「すみません」

「いいえ、よくあることです。久しぶりの初日ですもの。当たり前ですわ。よほど草取りをしたかったのですね。さっきだって鐘が鳴っていたのにも気づかないんですもの。とても熱中していたので声をかけるのをためらってしまいました。ずっとあなたのことを見ていたんですよ」

そう言って田村さんはウフフと笑った。私はカアッと恥ずかしくなった。それをごまかそうと出任せに口を開いた。

「あの、遠藤さんは？」

「もうとっくに引き上げて、今頃は食事をしていると思いますよ」

目が慣れたせいで、田村さんの優しい笑顔をちゃんと見ることができた。そのことで随分落ち着いた気がした。私はゆっくりと立ち上がった。フラッと立ちくらみがした。が、田村さんに気づかれまいと踏ん張った。

「ところで、どうされますか？」と田村さんが言った。

「は？　あ、すみません。もうやめます」

「そうじゃありません」田村さんはクスクス笑った。「今日は泊りますか？　それとも帰りますか？　今なら最終の汽車には間に合いますけど」

「泊ります」即答した。

「そうですね。それがいいと思います。だってそんなに草を取ってまだ足りなさそうなんですもの」

そう言って田村さんはまたクスクス笑ったのだった。見れば、草でパンパンになったビニール袋が向こう側に五つか六つあるのが見えた。どうやら私は本当にずっと草を取り続けていたらしかった。

「そうと決まれば夕食にしましょう。ちょっと急いだ方がいいですね。食事は七時までに受け取る必要がありますから」

田村さんが歩き始めたので、後を追った。

「あの、草の袋は？　どうすればいいですか？」私は後ろから聞いた。

「まあ、本当に忘れてしまったんですね」と田村さんは前を向いたまま言った。「明日の朝、回収係が集めますから大丈夫です。皆さんはただ草を取ることだけに専念すればいいのですから」

空が赤く染まっていた。ホーホーとどこかでフクロウが鳴いているのが聞こえた。道に出ると斜面の中腹から盆地全体を見渡すことができた。山に囲まれている分、日の暮れるスピードは街なかよりもずっと早いようだった。塔は細くて美しく尖った線の、赤屋根と青屋根はどっしりとした三角と四角の陰影を浮かび上がらせていた。

急げば間に合うわ、と言われて小屋で素早く着替えた。財布も鍵もスマホも万年筆もちゃんとあってホッとした。と、今度は田村さんがいなくなりはしないかと気が急いた。

再び外に出て黒い影を見出した。そのことの方がずっと私を安堵させた。ほんの数分しか経っていないはずなのに、辺りは一段と暗くなっていた。そのおかげで大胆になれたのだと思う、田村さんのすぐ傍で並んで歩くことができた。

視覚が鈍くなった分、他の感覚が鋭くなったのかもしれない。田村さんの息づかいを感じることができた。ゆっくり深く吸い、細く長く吐く、そういう呼吸であるようだった。それに微かだが、甘い香水の匂いも。が、朝に感じた爽やかさはどこにもなかった。少し悲しく少し切ない、そんな匂いだった。それらは私の胸を締め付けた。できることならずっとこの暗がりの中で一緒に歩いていたかった。

「あの」私はふと思い出した。

「何でしょう」

「ひょっとしてスピーチの黒板の文字は田村さんが書いたのではありませんか？　存在と書かれた白いチョークの……」

少し間があって、ああ、と思い出したように田村さんは声を漏らした。

「ええ、そうです。私が書きました」

「やっぱり。きれいな字ですね」

「まあ、ありがとうございます」

「あのテーマは田村さんが考えるんですか？」

「ええ」

「ほかには？　どんなテーマがあるんですか？」

「色々です。例えば、希望とか、挫折とか、嫉妬とか……　でもテーマなんて何だっていいんです。存在というテーマであっても、そのスピーチには希望も挫折も嫉妬も含まれますし、存在もまた、それら別のテーマのスピーチの中に含まれます。言葉は違っても根っ子は同じですから。全てはその根っ子から派生します」

「根っ子？」

「ええ。いわばこの世に私たちが生まれ、生きる上でのルールのようなものです。私たちは自分の幸せだけを強くイメージして前に進んでいけばいいのです。誰かに幸せにしてもらうことはできません。あるいは、誰かを幸せにすることも……　それがルールです」

「ルール？　ですか？」

　暗がりの中で私は首を傾げた。

「そうです。幸せになれるかどうかは、その人自身の問題です。生まれたばかりの頃は、誰でもそのルールを上手く使うことができていたはずなんです。でも悲しいことに、段々忘れていきます。自分のことだけを考えればいいのに、人の目や誰かの様子が気になり出します。そのうちに自分をその誰かと重ね、比較するようになるのです。誰か、というのは、なんとなく鼻につくと感じたり、自分よりも優位に立っていると意識したりしている、身近な誰か、のことです」

「誰か……」私の口が勝手に小さくそう呟いた。会社の同期のことが浮かびかけたが、田村さんの声がしてスッと消えた。

「大概は、その誰かに嫉妬し、憎しみを抱くようになります。あるいは、自分に従わせようとして争います。見下して勝ち誇りたいのです。そんなふうになればなるほど、心が貧しくなって自分自身が不幸になってしまう。そのこともまたルールなのに……

　今の世の中は、何の接点もない人々までをも瞬時に、その身近な誰かに仕立て上げることができます。しかも匿名的に。ですから、いともたやすく不幸に陥ってしまいます。恐ろしいことです」

　田村さんが口を閉じた。私の反応をうかがっているような気がした。話の意味もよくわからないまま、そうですね、と相槌を打った。

「反対に、純粋に自分の幸せだけを追求している人々は、ただ自分を見つめているので、人の目も誰かの様子も気になりません。ましてや誰かを傷つけたり蹴落としたりすることもありません。ただただ自分自身を高めることだけに集中し、全力を傾けています。そうである限り、人々は幸せでいられます。

　ああ、勘違いしないでください。自分の幸せだけ、というのは決して自分勝手ということではありません。もちろん、家族とか恋人とか、誰かのために何かしてあげることが自分の幸せと心の底から感じる時もあるでしょう。いずれにしてもそうした純粋な幸福者は、無意識のうちにむしろ有形無形の何かを周りに分け与えています」

「無形？」

「ええ。無形というのは、そうですね……　幸せの波動のようなものです。ほら、そうした人の傍にいると、こっちまで楽しくなったり心が安らいだりしませんか？　あれのことです……　類は友を呼ぶと言いますでしょ？」

「はい」

「そうした純粋に幸せを望む人々は互いに引き寄せられ、その波動を感じ合うことでしょう。感じないとしたなら、その人は純粋ではないということです。つまり……」

田村さんはまた口をつぐんだ。今度は言葉を選んでいるようだった。私は息を殺して、それを待った。

18　消毒！

「……つまり、どんなにお金持ちで名誉があっても、常々誰かに対して優越感を得ようとしている人であるなら、その人は本当には幸せを感じてなどいないということです。そのような人にはそのような人々が集まります。彼らは、彼女らは、誰かより上でありたいと、終わりのない幸せ探しの旅を延々と続けることでしょう。自分を見失ったまま彷徨(さまよ)い続けるしかありません。そのことを知りながら目を背け、自分の生き方を正当化し続けようとします。世の中はそうした人々で溢れかえっていますし、この盆地にいる人々は皆、その典型なのかもしれません。どろどろした思考が自分の中にどんよりと溜まっている人たちばかりです。ですからスピーチで少しでも吐き出させて、楽にさせてやらなければなりません。私も……」

田村さんは深いため息をついた。私も同じです、と小さな声が聞こえた。

なんだか違う田村さんであるような気がした。第一何を言っているのか、さっぱり分からなかった。分からないくせに田村さんのことをなんとなく可哀想に思った。

「すみません。変なことを話してしまいましたね」と田村さんは言った。

「いえ」

「それにあなたはどちらかと言えば、本当は純粋な幸福者の側であるような気がします。なんとなくですけど」

「まさか」私はいつだって自分を誰かと見比べている。

もっとも田村さんは私の返答にはあまり興味がなさそうだった。

「こんな話、誰にもしたことがないんです。恥ずかしいわ。私がスピーチをしちゃったみたい」と言って田村さんはクスッと笑った。「あなたは不思議ですね。あなたになら何でも話せそう。また聞いてくれますか？」

　私はいっぺんに舞い上がってしまった。

「もちろん」語気が熱を帯びているのが自分でも分かった。

もっと話をしていたかった。でもそうはならなかった。青屋根の明かりが近づいていた。

「今日は青屋根とハウスのどちらに泊りますか？」

「どっちがいいと思いますか？」と私は聞き返した。

「前回までは青屋根の方でしたけど、今回はハウスでいいんじゃないかしら。あなたなら大丈夫ですよ。ちょうどKのハウスが空いています。今は男性と女性と二人しかいません。今日一人出て行ったばかりなんです」

「ミユキさん、ですか？」食堂で会った女の子のことを思い出してそう尋ねた。

「ええ」

　田村さんが、あの女の子について何か話してくれるのではないかと思ったが、口は閉じたままだった。それに青屋根はもう目の前だった。

「ほら、Kのハウスはあそこです。赤屋根の向こう側にハウスが二つ見えるでしょう？　あの奥の方です」

　そう言って田村さんは右腕を伸ばし、指をさした。小さな明かりが二つ、三つ見えた。

「入り口のドアにKの文字がありますから、行けばすぐ分かります。私はハウスに行ってあなたが来ることを話しておきましょう。あと、机の上にハガキがありますから、忘れないうちに記入して私にください。その方が何かと安心でしょ？　次の指定日も今回と同じにしましょう。一年以内の日付で」

「あの……」私は思い切って尋ねた。「田村さんはどこに住んでいるんですか？」

「それは言えません。ごめんなさい」

暗がりの中でも田村さんがすまなそうな顔をしているのが分かった。それから子供を諭す母親のように微笑んだのも。

「では、ここで。さあ、急いでください。カウンターがもうじき閉まりますよ。それじゃあ」

そう言われて慌てて青屋根の入り口に向けて走り始めた。少し行って振り返った時、田村さんは小さな黒い影になり暗がりに紛れていた。どこに住んでいるかなんて聞かなければ良かった、と後悔した。調子に乗りすぎた、とまたもやカアッと恥ずかしくなった。

外灯はなく、食堂の窓から漏れる明かりを頼りに園路を歩いた。夕食を終えたのだろう、二人の影が青屋根から出てきて間近ですれ違った。山野さんと遠藤さんだった。二人は見つめ合っていて、私に気づきもしなかった。

「消毒！」

入り口に入ろうとした時、誰かに大声で怒鳴られた。ビクッとした。振り向くと塔の辺りに人影があった。こっちを見ていた。薄暗くて色まで判別はつかなかった。が、痩せ細った鉛筆のような影は、間違いなくカーキ色の男のそれだった。ああ、そうだった、と慌てて二つのマットに靴の裏を擦った。そうしてもう一度振り返った時、カーキ色の男の影をどこにも見出すことができなかった。

食堂には男が一人だけいたが、ちょうど食べ終えて席を立つところだった。七時になろうとしていた。白い割烹着を着た狐目の女が、カウンターに並んでいた食事を片付けていた。が、私に気づくと、引っ込めようとした最後のトレーをサッと元に戻した。おかずの皿が乗っていた。女は、ご飯と味噌汁を手早く椀に盛って渡してくれた。動きに無駄がなかった。表情のない顔で生姜焼き定食だと言った。抑揚のない機械的な声だった。

そのせいだろうか、席に座って口にした時、味が薄い気がした。第一ご飯もおかずも冷めていたし、味噌汁もぬるかった。私はしかし、あっという間に平らげた。自分が空腹であることにも気づかずに草を取り続けていたのだ。

返却口にトレーを置いた時、女は厨房で一人洗い物をしていた。ごちそうさまでした、と声を掛けたが、水音で聞こえなかったのか、ぎりぎりにやってきたことで不機嫌になったのか、返事はなかった。私が外に出ると同時に、食堂の電気が消えた。

辺りはすっかり暗くなっていた。代わりに、人工的な明かりがポツポツあるだけだ。赤屋根の前を通り過ぎる時に、窓の外から本部の事務室が見えた。何人かの男女がいるだけで、田村さんの姿はやはりなかった。
私はKのハウスに向かってとぼとぼと歩いたのだった。

19　Kのハウス

赤屋根から先の道はひどく暗かった。外灯はまばらだった。一つ目のハウスの前にやってきた。玄関のドアに薄っすらとHの文字が見えた。通り過ぎると、前方にKのハウスらしき陰影を認めた。それとほぼ同じ位置にやけに明るい光が見える。道はくねくねとその光に向かっている。

光源は自動販売機だった。コーラとかお茶とかオレンジジュースのペットボトルが並んでいた。それは街で見る自動販売機と何も変わりがなかった。こんな場所にそれがあるのはむしろ奇妙に思えたが、そのおかげでなんとなくホッとした。

Kのハウスは道を挟んでその自動販売機の真向かいにあった。玄関のドアに販売機の光が届いてKの文字がはっきりと見えた。壁の小さな黒いボタンを押すと、中でブーとブザーの鳴る音が聞こえた。指を離すと、それは止んだ、また押すとまた鳴った。

足音が聞こえ、近づいてきた。カチャッと鍵の音。扉が開いた。男と女が現われた。

「こんばんは」と男が言った。

「こんばんは」と女も言った。

天井の明かりの逆光で二人とも顔がよく見えなかった。が、満面の笑みを浮かべているのは分かった。私も、こんばんはと言って、名を名乗った。

「タナカです」と男。「ようこそ、田村さんから聞いています」

「クロダです」と女。「さあ、どうぞ中へ」

二人はまるで一心同体のようにぴったりとくっつきながら、リビングの中の階段を上がり、私を二階へと案内した。

部屋が三つあった。階段に一番近い部屋の前で「ここが僕の部屋」と男が、二つ目の部屋の前で「ここが私の部屋」と女が言った。二人は一番奥の三つ目の部屋を指さし、「そこがあなたの部屋」と同時に言った。

「入り口に電気のスイッチがありますよ」と男。

私はドアを開けてスイッチを押した。

「ここにいた人がちょうど今日出て行ったの」と女。

ああ、あの女の子がいた部屋だ、と思った。四畳半あるかどうかの狭い部屋だった。安ホテルのシングルルームのような細長い配置だった。手前にベッドがあって、その奥に机がある。角部屋で奥と左側面の二方向にそれぞれ窓があった。

奥の窓にはカーテンがあったが、ベッドの脇の窓にはなかった。きっとこっちは陽が射さないのだろう。その窓の向こうに、ハウスだろう、小さな明かりが一つ見えるだけだ。誰かに覗かれる心配も無い。

机の上にハガキが置いてあった。手にし、料金後納のスタンプをじっと見た。有効期限は来年の十二月末である。

「ここにハンガーがあります」と男の声がした。

振り向くと、二人が私の部屋の中にいた。男は入り口すぐ脇の木製の収納スペースの扉を開けていた。女はベッドに腰掛け、ボヨンボヨンと腰を浮かせたり沈ませたりしている。マットレスのバネの具合を確かめているらしい。私の部屋のよりちょっと固いわね、と独り言を言った。

「これと同じ部屋着がここにありますから着替えてください」

男が左手で自分の服をつまみながら、右手で収納スペースの中から勝手に取り出した。男と同じ紺色のスウェットの上下だった。女の方はピンクのそれだった。それぞれ左腕に数字のワッペンがついていた。男の方が5で女の方が3だった。それらは私が毎年受けている人間ドックの格好に似ていた。

「着替えたら下に下りてきて」と女が言った。

分かりました、と私が言うと、二人はやっと出て行った。ドアがバタンと閉まった。

カーテンのない方の窓から外を眺めた。月明かりが斜面の畑を薄っすらと照らしていた。

畑の下にある草を想像したが、特に何とも思わなかった。午後からたっぷりやったおかげで満足しているのだと思った。が、心の奥底で今すぐにでも草取りをしたがっている自分がいるような気もした。そのことに一抹の不安を覚え、なんとなく目を背けてしまった。

再び机の上のハガキを手にし、椅子に座った。万年筆を胸ポケットから取り、ハガキの表に自分の住所と名前を書いた。ペン先からぬらぬらとブルーブラックのインクが出てきて、極太の滲んだ私の文字を記した。それからひっくり返した。そうして文字を埋めるべき空白を見つめた。田村さんの言葉を思い返した。

少し迷った後で、順番に6と18を書き込んだ。次に来るとしたなら、ちょうど一年後でいいかなと思ったのだ。それよりも早く来たくなったら来ればいいのだし、一年後にハガキを目にして何とも思わなければゴミ箱に捨てればいいのだ。

書き終えると、なんとなく安心した。鬱になりかけた時に処方された精神安定剤を、飲まずにお守り代わりにして持っているような気分だった。ハガキを机の隅に置いてスウェットに着替えた。ワッペンはマジックテープでくっついていた。小屋のロッカーと同じ、8番だった。電気を消して部屋を出た。階段を下りると、二人がリビングのソファにいて私を見た。

「さあ、お風呂に入ってください」と男が言った。「私たちは先に入りました」

「タオルも替えの下着も8番のカゴにありますから」と女が言った。

「替えの下着？」私は思わず聞き返した。

「ええ、前回あなたが来た時に置いていった下着だそうですよ。さっき田村さんが届けてくれました」と男が言った。

私は自分の下着が田村さんに触られたのだと思うと、恥ずかしさと嬉しさの混じった妙な気分になった。

「脱いだのはカゴに入れておけばいいです。私が洗濯しますから」と女が言った。「あと、出る時に浴槽の栓を抜いて、お湯を流してくださいね」

「あの……」と私は言った。「下着は自分で洗います」

女は何も言わなかった。

「クロダさんは洗濯が好きなんです。僕は遠慮なく洗ってもらっていますよ」代弁するように男が言って笑った。「さあ早く、お風呂に」

よく見ると、二人とも髪の毛が少し濡れていた。その時になってやっと私は気づいた。二人とも昼前に赤屋根の二階で見た、あのスピーチの女と男だった。女はショーウィンドウでたるんだ自分の顔を見て愕然としたというその女だった。男は車両工場をズル休みし、バス停にいた青年だか老人だかに呼び止められたというその男だった。

女の顔には確かにほうれい線が腹話術の人形のようにあごの先までくっきりと刻まれてい

た。昼間見た時よりもずっとひどかった。私よりも年上に見えた。きっと薄暗い蛍光灯のせいだろう。女が気の毒になってそう考えてやった。

　男の方はずっと若そうだった。三十前後に見えた。頬もつやつやとしてハリがあった。皺は一本もなかった。昼間は整髪剤で上に立っていた前髪が、今は垂れ下がっていた。

　二人は笑みを絶やさず、スピーチの時とは別人のようだった。私が戸惑っていると、「さあ」と男が、「早く」と女が、また私を急かしたのだった。

「では遠慮なく」と言って私は風呂場の方へ行こうとした。

「ああ、ちょっと待ってください」と男が私を呼び止めた。女が近づいてきて、その手が伸び、私のうなじに触った。

「ほら、草がついていたわ」

　女は手につまんだ細い緑色のそれを私に見せた。二人とも満面の笑顔で私を見た。それから二人とも視線を女の手の先に移し、うっとりとした顔でその草を眺めていた。

　私は足早に風呂場の方に逃げたのだった。

20　草取りだからでしょ

風呂から上がると、どうしようか迷った。結局、脱いだ下着はそのままカゴに入れっぱなしにしておいた。替えのパンツを穿いた時に田村さんの顔がちらと浮かび、股間がもぞもぞした。

リビングから笑い声が聞こえた。ソファに座っている二人の後ろ姿が見えた。楽しそうに何かを話しているようだった。気づかれないようにそっと階段に向かった。音を立てずに上がりかけた時に、「どうでした」と男の声がした。ビクッとして振り向くと、二人が私の方を見ていた。ニコニコ笑っていた。

「気持ち良かった？」と女が聞いた。

「ええ」

「さあ、こっちへ」と男が手招きした。

後戻りすると、男は向かいのソファを指さした。そこに座れと合図しているのだ。私が座ると同時に、女がスッと立ち上がり、リビングから出て行った。

「ここはいいですよ」と男は言った。「青屋根の共同宿泊施設の方はどうも本部の人たちに見張られている気がして落ち着かないんです。まあ最初の頃は見守ってくれていると思って安心していたんですけどね。慣れてくるとかえってうざったらしいんですよね。それに、ハウスで過ごせるってことは順調に回復しているってことですからね。でしょ？」

返事に困っていると、バタバタと足音がした。振り向くと、女が戻ってきて、男の隣に座った。

「オッケーよ。合格」と女は私に言った。「ちゃんと栓は抜いてあったし、髪の毛も一本も落ちていなかったわ。洗ってくれたんでしょ？」

「ええ、まあ。サッと流したくらいですけど」

「オッケー、オッケー。そのくらいがちょうどいいのよ。あんまりやり過ぎたら潔癖症って感じで、まわりがまいっちゃうし。かと言って髪の毛があったらあったで、ちょっとね」女は男に同意を求めるように、そうよね、と言った。

「そうですね」

そう言って男はちらと女を見た。が、すぐに私の方に視線を移した。

「でもあんまり考え過ぎるのが一番よくないですからね。まわりに気を遣っていると、しまいには自分というものを見失ってしまいますからね。あれっ、僕ってそもそも綺麗好きだったっけ？　それとも不潔だったかな？　どっちだったたっけ？　てな感じで。それでまた悩んでしまって、どうすればいいのかわからなくなってしまう。それが最悪のパターンですから」

「そうね。ごめんなさい。変なこと言っちゃったわね、私……」と言って女は急にしんみりとなった。

「ほらほら、そういうのが一番良くないんです」と言いながら、男は自分の母親のような年齢の女の肩を手でポンポンと優しく叩いた。「気にしちゃいけません。どうでもいいんです、そんなこと。髪の毛の一本や二本、あろうがなかろうが」

男は、あははと笑った。乾いた笑い声だった。

「そうね。そうだったわね」

女はそう言って二、三秒俯いていた。が、いきなり立ち上がって私を驚かせた。

「何か飲み物を買ってくるわね」

女は玄関の方に行った。扉がバタンと閉まる音が聞こえた。ハウスの前の自動販売機へ行ったようだった。はあ、と男がため息をついた。

「正直心配なんです」

男は私に顔を近づけ、ヒソヒソ声で言った。そうして二、三度玄関の方を振り向いた。まるで女が外に出た振りをして実はその辺に隠れているかもしれないとでも疑っているような様子だ。

「あの人にはまだ、ハウスは早過ぎるんじゃないかな。さっきの言動もそうでしたでしょ？ちょっとまだ不安定だと思うんです」

「そうなんですか？」私も小声になった。

「時々真夜中にゴソゴソ音が聞こえる時があるんです。きっと上手く眠れていないんじゃないかなあ、あの人。真夜中は耐えられませんからね。一人で部屋の中にじっとしているとどうしようもなく切なくなります。おかしくなってしまいそうになります。テレビも音楽も何の役にも立ちません。それでも自分を正常に保つためになんとかしなければなりません。緊急避難的にね。その時に一番いい方法はなんだと思いますか？」

　男がじっと私の顔を見て黙った。

「草取り、ですか？」仕方なくそう答えた。

「そう、草取りです。でもそういう緊急避難的なやつはヤバいんです。知らないうちにどんどん危険な領域に入り込んでいくんです。夜が明けても気づかずに草を取っていたとしたなら、それはもうアウトです。その人はもうすっかり草取りに飲み込まれてしまっているってわけです。ま、田村さんがちゃんと見てくれていて、強引に引き戻してくれるから心配はいりませんけどね。

　とはいえ、そういう人は青屋根の集団生活で訓練するしかありません。ちゃんと自制できるようになったらハウスで生活できます。そうして草取りの代わりにスピーチとか油絵の時間が十分に増えていけば、この盆地から出て行くことができます」

男が首を僅かに傾げた。私の反応を確かめているみたいだった。私は、ちゃんと聞いているといった程度に軽く頷いてみせた。男は話を続けた。

「ハウスで上手くいっているからといって油断してはいけません。ここは居心地がいいので、実際よりもずっと調子がいいなって勘違いしちゃうんです。あはは、なんと僕がそうです。お恥ずかしい。二か月前ですが、てっきり回復したと思ってこの盆地を去ろうとしたんです。ところが、森の境界で急になんだか不安になって、結局引き返してきたんです。で、今こうして、まだここにいるってわけです。明確な意思が持てなかったんです。でもまあ、今はすっかりいいです。少なくとも夜はぐっすりと眠っていますから。ここを出て行くのは時間の問題です」

「そうですか」

「とにかく夜だけは気をつけてください。真夜中にふと目が覚めてどうしようも無い不安に駆られても安易に草取りに走ってはいけません。そうならないためにも日中に思う存分やってください。回復するには、何よりも昼間の健全で節度ある草取りが一番です」

男はそう言うと、自信に満ちた顔で笑った。

「一つ聞いてもいいですか?」私は思い切って口にした。その根本的なことを、この男なら知っているのではないかと思ったのだ。「どうして草取りなんでしょう。どうして草取り以外じゃダメなんでしょう？」

　男はぽかんと口を開けたまま、まじまじと私を見た。眉間に皺を寄せて首を傾げた。この人は一体何を言っているのだろうか、くだらない冗談はよしてくれ、といった感じで。

「草取りだからでしょ」と男はぶっきらぼうに言った。

　しんとして険悪な雰囲気になった。私は男に尋ねたのを後悔した。

　玄関のドアが開き、閉まる音がした。ホッとした。女が戻ってきた。これでいいわよね、と言って私たちの前にペットボトルを置いた。緑茶だった。

「これがいいです」と男。

「これがいいですね」と私。「ありがとうございます」

　目の前の女が、田村さんだったらどんなに良かっただろう、とちらと思った。もしそうであるなら、あっという間に回復できるような気がした。けれどもそうなると、今度はいつまでも一緒にいたくて、回復したのを隠してしまうかもしれないと思い直した。

「ところであなたは今日早速草取りをしたらしいですね？」男はお茶を一口飲んだ後で私に言った。幾分機嫌を戻したのだろう、少し笑みが浮かんでいた。

「ええ、しました」

「退屈でしたか？　それとも楽しかったですか？」

「少なくとも退屈ではありませんでした」そう言いながら、楽しかっただろうかと考えてみたが、よく分からなかった。「楽しいとかそういうことではないような気がします。そもそも途中から記憶がありませんでしたから。自分が草取りをしているということさえも分からなかったと思います」

私がそう言うと、途端に男は笑みを消し、軽蔑するかのように露骨に顔をしかめた。また機嫌を損ねてしまったようだった。女の方は親しみを込めた目で私を見ていた。私との距離を男の方は広げ、女の方は狭めたように思えた。二人とも私に何か言いたそうに見えた。が、急に私をそっちのけで二人だけで話し始めた。

しばらくの間、二人の会話に耳を傾けていたのだが、何を話しているのかよく分からなかった。真剣に何かについて意見を言っていたかと思えば、突然大声で笑った。最初私は二人がとても仲が良くて打ち解けているのだと思った。けれどもそのうちに、ん？　と首を傾げた。何故なら二人の会話にはつながりというものがまるでなかったからだ。

男がAという話をする。女はそれを聞いて質問とか意見とか、Aに関連した話をしているのかと思えば、全くそうではなかった。Aに対するA'ではなく、なんの関係もつながりもないBとかCとかの話をしているのだった。まるで昼間のスピーチを二人がそれぞれ自分勝手に再開し始めたようだった。

私たちは半径一メートルの空間にいながらにしてバラバラだった。じっとしてそこに座っていると、奇妙な考えに襲われた。私はここにちゃんと存在しているのだろうか。存在とは、少なくとも誰かが私にちゃんと気づいていてくれていて初めて成り立つものではないだろうか。赤屋根の第三教室の黒板にあった田村さんの文字を思い出した。私なら存在について、今思いついたようなことをスピーチするだろう。

急に不安になって立ち上がった。が、二人とも私の方をちらとも見なかった。私は自分自身を確認したかった。リビングを出て風呂場の隣の洗面所に行った。スイッチを押した。パッと電気がついて目の前の鏡に私が現われた。

21　長身の女、現わる

この日最後の汽車がホームに入ってきた。二両編成の車両には運転手と車掌のほかに三、四人が乗っているだけだ。キィーとブレーキ音がしてそれは止まった。

辺りは闇に包まれ、ねぐらに帰りそびれたのか、二羽のカラスが駅舎の屋根に止まってじっとしている。代わりに、自分たちの時間だと言わんばかりに、あちこちでコウモリがジグザグに飛び回っている。

汽車の扉が開き、女が一人降りてきた。長身だ。百七十センチは超えているように見える。ロングヘアだ。デニムのシャツとジーンズ、白のスニーカーに黒のリュック。スリムな体にそれらはとてもよく似合っている。

一羽のコウモリが女に向かって急降下した。が、超音波が跳ね返ってきたのだろう、それは一瞬で鋭角に急上昇すると、スッと闇に消えた。女が改札の箱に切符を入れると同時に、汽車はゆっくりと動き出した。その車内灯の明かりはすぐにホームからは見えなくなった。トンネルに入ったのだ。

女は誰もいない駅舎の中で長椅子に座った。スニーカーを脱ぎ、あぐらをかいている。と、リュックからタッパーを取り出し、蓋を開いた。透明のラップに包まれた大きなおにぎりが二個ある。海苔も何もない。外見はただの白飯である。その一つを手にし、大口でむしゃむしゃ食べ始めた。さながら戦を前にした女将軍の腹ごしらえといったふうだ。中は梅干しだ。酸っぱっ、といった感じでひどく顔をしかめている。すぼめた口から器用に種だけを出し、そのままラップに当ててくるんだ。

あっという間に二個目にとりかかった。こっちも梅干しだ。食事を終えるのに五分とかからなかった。タッパーをリュックにしまい込むと、驚いたことに長椅子の上で仰向けになった。リュックを枕にして腕を組み、目を閉じた。そうしてそのまま眠ってしまうかに見えた。が、違った。突然ムクッと上半身を起こした。

「こんなとこで寝られるかい」と一人突っ込みをし、スニーカーを履き直した。

薄暗い明かりの中でスマホに見入っている。地図のアプリを開いているようだ。けれども何も表示されないのが分かると、チッ、と舌打ちし、使えんわ、と呟いた。リュックにしまい込み、そのまま手探りしている。

今度は小さなプラスチックの容器と小瓶を取り出した。容器の蓋を開け、左の手のひらの上でひっくり返し、振っている。ジャッジャッと音がする。オレンジ色の錠剤が三、四粒出てきた。それをまとめて口の中に放り込んだ。それから小瓶のアルミキャップの封を切り、その液体も流し込んだ。ビタミン剤と栄養ドリンクであるようだった。

「さてと、行くか」と両手で両膝をポンと叩いた。腰を上げ、外に出た。

駅舎の明かりで薄っすらと浮かんだ菓子屋が目に入り、立ち止まった。中が真っ暗であるのを確かめると、歩き出した。外灯の明かりを頼りにとぼとぼと重い足取りである。

突き当たりの巨大な矢印の看板は暗くてほとんど見えない。そこを左に曲がり、橋にさしかかった。それにしても、と辺りをぐるりと見渡している。どこを見ても人家の明かりのようなものはまるで見当たらない。道路が続く左の方に、外灯が遠近法の典型的な構図で間隔を狭めながら少しずつ小さくなり、ぽつぽつと見えるだけだ。

川面には下弦の月が逆さまに光っている。流れがゆったりとして静かなせいだろう、上空の半円と同じ線がぶれることなくくっきりと映っている。じっと見ているとまるで水中に本当の月があって天地逆さまであるように見誤ってしまいそうになった。女はブルッと身震いして目を背けた。

橋を渡って道路に沿い、左へと行きかけたが、立ち止まった。首を捻り、反対を見た。それから二、三度頷くと、月明かりで薄っすらと見える右側の砂利道を選んだ。が、すぐにまた立ち止まり、地べたにリュックを下ろした。手を突っ込んでガサゴソとしている。

何かを取り出した。右手でそれを持つと自分に向けた。シューと音がする。延々と続く。虫除けスプレーのようだ。女はこれでもかというくらい全身にまんべんなくかけた。最後に目をつむり顔に向けてシュッシュッと小刻みに二度ノズルボタンを押した。

またリュックの中をガサゴソとしている。と、ライトが点いた。懐中電灯だ。それは強力な光でずっと先まで届いた。リュックを担いで深呼吸をすると、恐る恐るといった感じで歩き始めた。ライトの光がゆっくりと進んでいく。やがてこちらからは見えなくなってしまった。森の中に入ったのだ。

しまった、クマよけの鈴忘れた、と向こうから声がした。

22　私は存在しているのか

私は鏡の中の私を見ていた。あるいは、鏡の中の私が私を見ていた。

私はちゃんとここにいる。そう安心した。髪の毛は濡れていて垂れ下がり、まぶたにかかっていた。濡れているせいで少し黒っぽく見えた。きっと乾いたらひどく白髪が目立つはずだ。

おや？　目が窪んでいる。それはそうだ。最近、いや、もうずっとよく眠れていない。なんて頬がげっそりとしてるんだ。それに無精ひげ。会社に行かない日は剃らないから。

ああ、こんな顔を田村さんに見られてしまったのだ。恥ずかしい。ん？　いつの間にこんなにほうれい線がくっきりついたのだろう。あの女のことをとやかく言える資格はないな……　目を背けた。視線が落ちた。ふーん、紺のスウェットも悪くはない。

左腕をグイと突き出してみた。すると鏡の中の私は右腕を同じように突き出し、ほらといったふうに、8のワッペンを見せつけた。

私は私を見ているうちに随分落ち着いた。電気を消そうとスイッチに右手を伸ばした。鏡の中の私が左手を伸ばした。と、不意に新たな不安が私を襲った。

ちょっと待った。私は今、鏡に映った私を見ているだけで、私を直接見ているのではないのだ。私は私自身を見ることができない。それって何故だろう。そんなんで私は本当にここにいると言えるのだろうか。

私を存在せしめているものがあるとすれば、それはこの疲れた顔の頭部の骨格の中にある脳髄だ。グニャグニャの白だかピンクだかの物体でしかないではないか。取り出して手で掴んで握りしめてしまえば、一瞬でグチャグチャに潰れてしまうであろうひどく儚い代物ではないか。そんなもので私は存在していると言えるのか？　そんなもののせいで誰かを憎み、欺き、偽りの正義を振り回して善人面をしているのか。そんなんで苦悩し続けなければならないのか。死んでしまえば、あっという間に干からびて、たちまちのうちに忘れ去られるというのに。

私たちの存在に一体何の意味があるというのだ……

ない。意味がないなら存在しているなんて言えないのではないか。全て虚構ではないか。私たちはただ、この世の中の成り立ちの中で、私たちという役を演じているだけではないか。存在していると錯覚しているだけではないのか。

あれっ？　ちょっと待てよ。これって私の考えだろうか？　誰かが似たようなことを言っていなかったっけ？　その受け売りだっけ？　ええと、ああ、そうだ。昼間のスピーチの時だ。性スペクトラムがどうのこうのと言っていた男だ。いや、ほかの誰かも同じようなことを言ってなかったっけ……　誰だったっけ……　ああ……

数年前居酒屋のカウンターで見た忌まわしい男の顔が浮かびかけた。それを忌み嫌うようにブルブルと頭を振り、もう一度鏡を見たその時だった。あっ、と驚いた。

鏡の中の私の後ろに女の顔があった。驚きすぎて口もきけず、振り返ることもできなかった。できないまま、私は女の口の辺りを注視していた。

鏡の中の女のほうれい線はそれほどひどくはなかった。蛍光灯の光が女の顔にうまい具合に当たっているせいだろうか。むしろ私の方が深くてくっきりしてないか？　恥ずかしくなってさりげなく右手で口元を覆った。

「大丈夫？」と鏡の中の女が言った。「何かぶつぶつ言ってたけど」

「いえ、ちょっと」と鏡の中の私が鏡の中の女に言った。

「だいぶお疲れのようね。こんなところにいないで向こうでくつろぎましょ」

女はそう言うと、手をにゅっと伸ばしてスイッチを押した。一瞬のうちに真っ暗になり、私たちが消えた。私は自分のほうれい線が見えなくなってホッとした。

リビングに戻ると男の姿がなかった。女がソファに座った。少し離れて隣に座った。向かい側に座ると、女が私のほうれい線をさりげなく見て優越感に浸り、ほくそ笑むような気がしたからだ。

「タナカさんは？」と私はごまかすように尋ねた。

「ああ」と女は眉間に皺を寄せた。「疲れたから寝ると言って二階に上がったわ。あの人はいつも寝るのが早いの。それになんとなく分かったでしょ？　気分にムラがあるし、ちょっと怒りっぽいし。あの人には、ハウスはまだ早いのよ、きっと」

女は相づちを求めたようだったが、私は目を合わさずに黙っていた。すると、あらまあ、と言って女が体をずらして寄ってきた。その首がろくろ首のようににゅっと伸びて、ほとんど私の顔に当たりそうになった。湿った息がかかり、シャンプーの匂いがした。体が硬直した。

女はしかし、私がごくんと喉を鳴らすのと同時に、スッと立ち上がり、リビングから姿を消した。が、すぐに戻ってきて、再び隣に座った。白い小さなチューブを手にしていた。

「じっとしてて」

女は私の右側の首筋に指をつけて、クイクイと小さく押し回した。ぬるっとした感触があった。虫刺され用の薬だった。女は続けて別の三カ所にそれを塗ってくれた。ハッと気づいた時、女は上半身を私に重ねるようにして私の顔の左側を覗き込んでいた。

女の胸が私の胸に触れそうだった。かかりつけの歯医者で、歯科助手（ＡさんとＢさんのうち、豊満な胸の持ち主のＡさんの方だ）に歯茎をチェックされている最中に、その胸が私の頭頂部に当たっている時よりもずっとドキドキした。

「こっちはなさそうね」

女はそう言って元通りに座り直した。ちょっと残念な気がした。

「それにしても随分と刺されたわね。草取りの前に虫除けスプレーをしなかったの？　一体誰と草取りをしたのよ」

「遠藤さんです」

「ああ、あの人ね」と言って女は眉間に皺を寄せた。「偉そうに本部の人みたいな顔しちゃってさ。ほんとは自分の草取りのことと山野さんのことで頭がいっぱいなくせに。あなたにスプレーをかけてあげる気持ちの余裕もなかったのね。玄関にスプレーがあるから明日はそれを使った方がいいわ」

「はい」

「ねえ、それよりさっき気づいた？」

「何のことですか？」

「記憶がないってあなたが言った時のタナカさんの顔。露骨にしかめちゃって。私だってしょっちゅう記憶をなくすもの。それが普通だし、しっかり回復するにはそういうプロセスが大事なはずでしょ。それなのにあの人ったらそういうのを軽蔑するのよ。自分がほとんど回復して、私たちより自分の方が上だと思っているのよ。本当に回復した人なら、誰かを見下したり哀れんだりすることもないのにね」

女は明らかに同意を求めていた。ええ、と私は小さく呟いた。

「だから本当のところ、あの人はたぶん全然回復なんてしていないのよ。そういうのって本人が一番分かっていると思うのよ。それを恐れて焦っているのよ、きっと。あの人にはまだハウスは早いのね。そのうちに田村さんに上手になだめられて、青屋根の方に戻されることになると思うわ。フン、時間の問題ね。可哀想に」

女の男に対する批判のようなものは延々と続いた。口調も荒っぽく、三人で談笑していた時とは別人のようである。私はただ黙って聞いていた。どう考えても女の話にも男を見下したり哀れんだりするようなものが含まれていた。

「あら」と女の声が急に止った。「眠いのね?」

私はハッとして目を開けた。瞼がほとんど閉じていた。

「ごめんなさい。随分長話しちゃったわね。だいぶお疲れのようね。そろそろ寝ましょうか。私もなんだかちょっと疲れたわ。今日はぐっすり眠れそう」

女にそう言われて、自分が随分くたびれていることに気づいた。

「私はちょっと後片付けをして寝るから、お先にどうぞ」

「では遠慮なく」と言って私は立ち上がった。

階段を上りかけた時にプシュッと音が聞こえた。振り向くと、女がキッチンの冷蔵庫に寄っかかり、缶ビールを飲んでいた。見て見ぬ振りをしてそっと上に上がった。

電気もつけずにベッドに仰向けになった。すぐにうとうととして寝落ちしそうになった。とその時、女の足音が聞こえた。あっという間に一缶飲んだのだ。バタンとドアが大きな音を立てて閉まるのが聞こえた。さっき目の前で寝そうになった私に対する当てつけのような、バタン！　だった。

眠気が覚めてしまった。すると女と男の話していたことが気になりだした。リビングにいた時の話ではない。昼間の二人のスピーチの方だ。

女のスピーチは、さゆりのことを思い出させた。私は上司と飲む時に、二つ年下のさゆりをよく誘った。そうして上司の隣に彼女を座らせた。カラオケボックスなら、ぐいぐい押して上司にくっつけた。そうやって上司の機嫌をとりながら、お開きの後でさゆりを抱いた。支店に飛ばされてから会う回数は減った。そのうちに彼女が私よりも偉くなってしまうと、なおさら疎遠になっていった気がする。

それでも落ちぶれた私を哀れんでなのか、それとも彼女が自分の性欲を抑えきれなくなるのか、二、三か月に一度、会いたいとメールが来る。そんな時私たちは誰にも見られない場所で食事をした後、行きつけのバーに行き、カクテルを二杯ずつ飲んでからホテルに行った。そういえば最近彼女は顔のマッサージをよくしている。私がシャワーを浴びてベッドルームに戻ると、両手でしきりとほっぺたを上に引き上げようとしている。

妻は、私にそういう女がいることを随分前から勘づいていたに違いない。とっくに私に嫌気がさしていたが、娘の手前、我慢していたのだと思う。けれども私が左遷されて無気力になると、とうとう愛想を尽かして娘と一緒に出て行ってしまった。

男の方のスピーチは身に覚えがある。あの尻切れトンボになった話の続きは、たぶん私に起きたことと大体同じだと思う。私もバス停で老人に声をかけられた。もちろん彼とは別のバス停だろう。二年前のことだ。今もよく覚えている。本店に戻れなかったことで、私は失意のどん底にいた。

四月の終わりの晴れた朝だった。その時私は、駅に向かう途中にいた。寝坊して、また今日も遅刻か、と俯きながらとぼとぼと歩いていた。三、四人の小学生の賑やかな声が聞こえて、ふと顔を上げた。ちょうどバス停にさしかかったところだった。

ベンチに座った老人がニヤニヤしてこっちを見ていた。

23 やります

老人がいつもそのベンチに座っていることは知っていた。私の方は、一目で老人と分かる老人だった。ギトギト脂ぎった白髪頭でオールバックだった。グレーのよれよれのジャケットに折り目のない茶色のズボン。毎日同じ格好をしていた。せむしで哀れに見えた。今思えば、老人は相手によって自分の風貌を変えていたのかもしれない。

　老人は、まあいいからここに座れ、といった感じで手招きした。すると私の体は、催眠術にでもかかったようにふらりと隣に座った。昔父が使っていたポマードの臭いがして、ウッと息を止めた。間近で見る老人の顔には、気味の悪いほど何本もの皺が縦横無尽に這っていた。それらは老人がニヤニヤ笑うたびに、毛虫のようにもにょもにょとうごめいた。

「あんたのことは毎日見ていたよ」と老人は言った。「あんたが俺のことを見ていたようにね。俺のことを蔑んでいながら、それでいて不安になっていたんだろ？　この先、こんなふうになったらどうしようって」

「そんなことはありません」私は見透かされてしまい、ついムキになって否定した。

「おいおい、俺は別にあんたを責めているんでもなんでもないんだ。もちろん怒ってもいやしない。ただね、あんたのことが気の毒なだけさ。いや、気の毒ってのともちょいと違うな。どうも言葉というのはやっかいだよなあ。言葉は記号でしかないからね。言葉にした途端に、自分の思っていたこととズレてしまう」

　そう言って老人は人差し指をあごに添え、考え込む仕草をした。

「あ、いや、それも違うな。心の中で思ったり考えたりしている時点で、もはやそれらは言葉によってなされているのだからね。俺が言いたいのはつまり、言葉に置き換わる瞬間までの、あのボヤッとしたやつだよ。分かるかい？」

　私は黙っていた。さっぱり分からなかった。

「まあいいさ。なあ、それよりか、俺にちょいと付き合わないかい？　会社に行ってもどうせ暇なんだろ？　もう出世の見込みもないんだろ？　それに家族にだって愛想を尽かされたんだろ？」

　ちょうどバスがやってきて停車し、扉を開けた。が、私たちの乗る気のないことを確かめると、すぐに扉を閉めて去っていった。すると、それを待っていたように黒塗りの車がやってきてスッと止まった。後ろのドアが開いた。

　老人は立ち上がり、さあ行こうぜ、と言って私の肩をポンと叩いた。すると、またもや私の体はひとりでに老人の後に続き、乗り込んだのだった。シートベルトがカチッと音をさせたのとほとんど同時に車は静かに動き出した。

　運転手は黒っぽい背広を着ていた。白の帽子を被り、白の手袋をしていた。窓はスモークガラスだった。ハイヤーであるようだった。二、三分もするとポマードの臭いに鼻が慣れた。

　車は幹線道路を街の中心部の方へと進み、やがて左に折れ、坂を上っていった。そこはこの街一番の高級住宅街だった。進めば進むほど住宅の敷地は広くなり、窓から後方を振り返るたびに、より多くの家の屋根が見渡せるのだった。

外を歩く人影はなかった。裕福な成功者とその家族が広々としたダイニングで朝食を終え、リビングの大きな革のソファで高級な紅茶か何かを飲みながらくつろいでいる姿を想像した。どう考えても老人には、もちろん私にも、不釣り合いの場所だった。

とうとう坂道の突き当たりまでやってきた。そこから先は松林だった。それは防風林の役割を果たすために植林され、海岸線に沿って数キロに渡って連なっている。その松林の向こう側は崖地になっていて広大な海原が広がり、遠くに平べったい島が青白く横たわっているはずだった。

車はその突き当たりを右に曲がった。最も高台に住む超一流の富裕層だけが通ることを許されているような道をゆっくりと進んだ。

どの家の敷地もコンクリート打放しの高い塀で囲まれていた。高級外車二、三台がゆったり入るようなガレージがあって、いずれも重厚なシャッターが閉じている。住家はそれにのしかかるようにして背後にあり、見る者を威圧するようにそびえていた。

車が止まり、ドアが開いた。老人の方のドアは、運転手が素早く降りて外から開けた。

「ここだよ。降りなさい」と老人が言った。ニヤニヤしていた。

外に出た私は、目の前の光景を上手く飲み込めなかった。とりわけ大きな邸宅があったからである。建物の高さは両隣の家よりもひときわ高く、広々とした庭があるようだった。というのは、塀の向こう側に、建物の屋上まで届きそうな木が何本か飛び出ているのが見えたからだ。

　辺りを注意深く見回したが、表札はなかった。ふと気がつくと、ハイヤーはいつの間にか姿を消していた。と、門が音も立てずに自動でスライドし始めた。

「さあ入りなさい」と言って老人が先に中に入った。

　私はためらった。入ったら最後、二度と出てこられないイメージが浮かんだ。が、玄関の扉が開き、出てきた老婆を見てなんとなく安心した。子供の頃に母がしていたのと同じような白い前掛けをつけ、優しげな笑みを浮かべていた。

「お帰りなさいませ」と老婆は言った。それから私に向かって丁寧にお辞儀をした。「ようこそ、いらっしゃいませ」

　玄関を上がってすぐの部屋に入った。二、三十畳はあろうか、とても広かった。床は大理石のようだ。けれどもひどく殺風景だった。真ん中に大きなテーブルとソファがあるだけで、生活感というものがまるでなかった。

　老人がテーブルに置いてあったリモコンを手にした。すると、幅が十メートルはありそうなレースのカーテンが静かに開いた。一面ガラス張りだ。その向こうに鮮やかな緑の庭が姿を現わした。大木が直射日光を和らげている。背の低い花木がバランスよく配置され、ちょうど薄紅と白のツツジが一対で咲いていた。共に丁寧に刈り込まれ、きれいな曲線で丸みを帯びている。

「どうだい。今日一日、草取りをしてみないかい?」と老人が言った。

「は?」聞き間違いかと思った。「草取り? ですか?」

「そうだよ。そこの庭で草取りをするのさ」

老人はそう言って窓の外を指さした。ニヤニヤしていた。ここへやってきた以上、お前に草取りをやらないという選択肢なんてないんだよ、とでも言いたげに目を細めていた。

私は庭の方をじっと見た。庭の方でも私の反応を静かに見守っているようだった。私がやってくるのを手ぐすね引いて待っていたようなイメージがあった。

突然スマホが鳴ってビクッとした。ポケットから取り出すと、会社からだった。腕時計の針は九時をとっくに過ぎていた。そういえば、連絡も何もしていなかった、と気づいた。

「休むんですか?」

総務の女の子が電話の向こうで言った。義務的で面倒くさそうな声だった。上司から確認しろと命令されて、仕方なくした電話のようだった。

「ああ、すまない。ちょっと急用ができてね」と嘘をついた。「今日一日休みます」

ふぁい、と返事がしてすぐにプツッと切れた。

老人が、ほうら、やっぱりつまはじきにされているじゃないか、といった感じの目で言った。

「どうする?」

「やります」と私は言った。

24　ミミズ、負の走光性で地中に潜る

「やります」

私の返事を待っていたかのようにドアが開いた。さっきの老婆が現われた。両手で大きなカゴを持っていた。それがスッと差し出され、私の手が自然に受け取った。作業着やら軍手やらタオルやら麦わら帽子やらビニー袋やらが中に入っていた。

「好きなようにしなさい。あの端のドアを開けて勝手に出入りすればいい」と言って老人は右端のサッシを指さした。「下履きが置いてあるからそれを履けばいいし、取った草はビニール袋に入れなさい。嫌になったらいつでもやめて勝手に帰っていいよ」

老人はニヤニヤしながら老婆と一緒に部屋を出て行った。しんとなった。急に現実感が失われ、不安になった。それを振り払おうと、半ばやけくそ気味に着替え、外に出た。

幅二メートルほどのウッドデッキが外壁に沿うようにしてあった。白いスニーカーと鎌が置かれていた。作業着も靴も私にぴったりだった。タオルを首に巻き、帽子を被り、軍手を

はめると、草取りの格好になった。

庭は屋内からはきれいに手入れされているように見えたが、降り立ってみると、そうでもなかった。草がきれいに抜き取られた場所とそうでない場所が半々だった。そうでない方は、むしろ丁寧に管理されているかのように、しっかりと生えていた。

日陰にしゃがみ、おもむろに草を抜き始めた。一様ではなかった。ひょろりと伸びたものもあれば短くて先が尖っているものもあった。小さな丸い実のようなものをつけているものもあったし、地面の上と下を這うようにして長くつながっているものもあった。途中でブチッとちぎれれば、根元をもう一度抑えて、鎌で地面を深く掘り、丁寧に根こそぎ抜き取ってやらなければならなかった。

日陰の湿ったところでは、時折、太いミミズが現われた。そういう時は手を休めてじっと観察した。するとそれは負の走光性に従い、再び暗い地中に潜り込もうとした。私はまるで自分を見ているような気がして愛おしくなったのだった。

いつの間にか時間が経つのも忘れて草を取り続けた。ただ無心に黙々と取り続けていたらしい。らしい、というのは途中から記憶が欠落していたからだ。だから黒い影に自分が覆われていても気がつかなかった。おい、と私を呼ぶ（おそらく何度も呼んでいたのだと思う）声で我に返った。顔を上げると、老人が私を見下ろしていたのだった。

「そろそろお昼にしよう」と老人が言った。

腕時計を見ると、一時に近かった。一体いつの間にこんなに時間が経ったのだろう、と私は首を傾げた。

中に入ると、テーブルに食事があった。焼き魚と卵焼きがおかずの質素な食事だった。老人が黙っていたので私も食べることに専念した。というより腹が減っていたのでそうしたかった。食欲があるのは久しぶりのことだった。

「どうだね、草取りは？」老人は全てを平らげるとようやく口を開いた。

「よく分かりません。でも夢中でした」私はとっくに食事を終えていた。

「それは良かった。で、何かを考えていたかね？」

その問いの答えを探そうと瞳が一度上に向いた。が、何も浮かばなかった。

「いいえ、なんにも」

「それでいい」と老人は言った。「どうするかね？　午後もやりたいかね？」

「やります」私はきっぱりと言った。

午後も同じだった。やはり老人に声をかけられるまで草を取り続けていた。見上げると老人の顔は暗く、空が赤みを帯びていた。周りには草でパンパンになったビニール袋がいくつもあった。そうなったプロセスにほとんど記憶がなかった。老人はそんな私を見てやはりニヤニヤしているのだった。

帰りは、素っ気なかった。私が着替えると、じゃあ、と言って老人は私を外に送り出した。

すぐに玄関の扉が閉じ、カチャッと鍵の締まる音が鳴った。老婆の姿はなかった。あの優しげな笑みをもう一度見たかったので残念だった。

ハイヤーが停まっていて、言われたとおりに乗った。門がひとりでにスライドし始めるのと、車が音もなく動き出すのとがほとんど同時だった。朝と同じ運転手が無言でバス停まで送り届けてくれた。

私はしかし、とても気分が良かった。こんなに爽快なのはどのくらいぶりだろうかと考えてみたが、思い出せなかった。その晩はぐっすりと眠れた。夜中に一度も目が覚めなかったのはとても久しぶりのことだった。

翌日の目覚めはすっきりして、まるで十歳くらい若返ったような気分で家を出た。バス停に老人はいなかったが、どうでも良かった。会社でもはつらつとしていた。用もないのに会社の決算資料をデスクに並べ、手に取っては一枚一枚丹念に繰ったのだった。決裁のはんこをもらいにきた総務の女の子は怪訝（けげん）そうな顔をしていた。

少なくとも二、三週間はそんな感じだった。ところが、それは突然パタッと終わった。一か月もしないうちに元に戻っていた。頭も体も重くなった。夜中に何度も目が覚め、理由もなくひどく不安になった。そうした状態はむしろ前よりもずっと悪化しているような気がした。

毎朝バス停を通るたびに辺りを見回し、老人を探した。が、どこにも見当たらなかった。

最初からいなかったようでさえあった。無性に草取りがしたかった。草取りをすれば、また元気になれるような気がしたのだ。そのうちにとうとう我慢がならなくなった。

ある朝、駅に向かっていた私はバス停で足を止めた。街の中心部に向かうバスに乗ったのだ。そうして途中で下車し、見覚えのある角を左に曲がると緩やかな坂を上った。途中で会社に電話し、急用ができたから休むが問題ないかと言った。全くないと総務の女の子は答えた。

坂はしかし、すぐに勾配がきつくなった。思っていたよりもずっと急だった。息が切れて何度も足を止めた。それに高級住宅街にふさわしくない身なりの私がそこを歩くのは気が引けた。誰かにどこかから不審な目で見られているような気がしてならなかった。それでもどうにか上りきり、老人の邸宅に辿り着いた。

表札のない門の脇のボタンを恐る恐る押して防犯カメラをじっと見つめた。チャイムの音もインターホンの声も聞こえなかった。しばらくそこに突っ立っていたのだが、何も変化は起らなかった。とてもがっかりした。そうして未練がましく塀の向こう側の庭のことを思い浮かべた。塀が高すぎて見えるわけもないのに何度も背伸びをした。

「こんなところで何をしているんですか?」

不意に声がして振り返ると、どこから現われたのか、警官が一人立っていた。

25　草がないところで草取りをしてはおしまいだ

太った警官だった。

私は反射的にパッと門から離れ、この家の人に用があってやってきたのだと答えた。

「この家の人って誰？　なんて言う人？」間髪入れずに警官は尋ねた。

今さらのように老人の名前を知らないことに愕然とした。言葉が出なかった。警官は何かの準備体操でも始めるみたいに大袈裟に左右に一回ずつゆっくりと首を傾げた。それぞれコキッコキッと音が鳴った。次に両手を重ねて指をポキポキと鳴らした。

「最近この付近で空き巣があったものですからね」と彼は言った。

職務質問が始まった。私は正直に話した。が、警官が真に受けることはなかった。自分で話しながら、私でさえ首を捻りそうになった。

草取りをしたいがために通勤途中で会社に休むと電話し、名も知らぬ老人を訪ねてきたのだが、不在のようなので、仕方なく塀の向こう側の庭のことをじっと考えながら背伸びをしていたのです。などという説明を、一体誰が信じるというのだ。

警官が私の後方に視線をずらしたので、振り返ると、いつの間にかすぐそばにパトカーが停まっていた。運転席の警官は窓を全開にして顔を出し、会話を聞いていたようだった。

こいつの言っていることを信じられるか、とでも言いたげに太った警官が目配せした。すると、もう一人も車から出てきた。長身で胸板の厚い警官だった。ちょっと署まで、と彼は言った。が、その時だった。

目の前の門が動き始めた。私たちは三人ともそれを凝視した。すると、玄関からあの老婆が姿を現わしたのだった。老婆は最初に会った時と同じように白の前掛けをしていて、優しげな笑みを浮かべていた。落ち着き払った様子でゆっくりと近づいてきた。そうして私に向かって声をかけた。

「お待ちしておりました」

二人の警官が顔を見合わせた。二人とも信じられないというふうに何度も瞬きをした。それは三流の俳優がする芝居よりもずっとわざとらしかった。

「お知り合いですか?」

太った警官が老婆に尋ねると、もちろんですと老婆は答えた。何故あなたにそんなことを尋ねられなければならないのかといった感じで怪訝そうに首を傾けさえしてみせた。

「さあ早く、中へ」と老婆は私に手招きした。それから警官たちに向き直り、お勤めご苦労様です、と言ったのだった。

老婆の後に続いて門の中に入ろうとすると、長身で胸板の厚い方の警官が、あの、ちょっと、と老婆を呼び止めた。

「この人は、どのような用件でこちらに来たのでしょうか。差し支えなければ教えていただけませんでしょうか？」

「は？　草取りをしにいらしたのですが」

老婆は笑みを絶やさずにそう言った。そうして、それが何か問題でもあるのですか、とでも言いたげにあごを僅かに上げて見せた。警官たちはそれ以上何も聞かなかった。玄関の中に入って扉を閉めると、パトカーが去っていく音が聞こえた。

老婆はこの前と同じ部屋に私を案内した。

「お迎えするのが遅くなって申し訳ございませんでした」と老婆は言った。「ちょうど旦那様と電話で話していたのです。あなた様がそろそろいらっしゃる頃だろうと。ですが、今日ここでは草取りはできません」

そのことを証明しようとでもするように、老婆はリモコンを手にした。カーテンが開いた。私はいてもたってもいられずにガラスの傍に駆け寄り、外を眺めた。どこもかしこもきれいに草が抜き取られていた。ひどくがっかりした。

「草取りをされたいですか？」と老婆は穏やかに言った。

「ええ。とても」

「では」と言って老婆は白い前掛けのポケットから何かを取り出して私の手に渡した。

「旦那様から言付かっております。少し遠いですが、そこに書いてある駅に行ってください。そこへ行けば、思う存分草取りができるはずです。ご心配なさるようなことは何一つありません。その駅に誰かが迎えにきて案内してくれるはずです」

私の手にはメモ用紙と切符があった。目的地までの行程が書いてあった。腕時計を見た。出発駅からの発車時刻まであと二十分しかなかった。どうしようか迷った。とその時、何かの気配がした。庭の隅の方だった。私はそこをじっと見た。

誰かがしゃがんでいた。どう見ても草取りをしていた。が、あの老人ではなかった。背中が小さく丸まったみすぼらしげな後ろ姿だった。そのはげかかった後ろ頭になんとなく見覚えがあるような気がした。誰だろうとガラス戸に近づこうとした。が、それを制止するように老婆が言った。

「さあ、行くなら早く。間に合わなくなりますよ」

私はなおも男に気を取られていた。

「あの方はここの常連です。草取りから抜けられなくなった哀れな方です。あのように草がないところで草取りをするようになってはおしまいです。あなたは二度とここへは来ない方がいいです。来れば、あの方と同じようになってしまいますよ」

老婆の語気が強く、私はやっと庭から視線を逸らした。

「さあ早く。大丈夫です。今ならまだ間に合います。お急ぎください。外にハイヤーが待っていますから」

私は老婆に礼を言い、外に出た。いつの間にか黒塗りの車が一台停まっていた。ドアが開いて乗り込むと、それはパタンと静かに閉まり、音もなく動きだした。前と同じ運転手だった。老婆が手を振っていた。スモークガラスで私の姿は見えないだろうに。そう思いながら私も手を振った。

車が坂を下る途中、老人と老婆の企みのようなものにすっぽりとはまっているような気がした。が、それでもいいと思った。それほど自分が草取りを欲していることを私は素直に認めた。

ハイヤーは、ほとんど信号にかかることもなく駅に到着した。礼儀正しい運転手は、代金は貰っていると控えめな声音で言った。

改札を走り抜け、階段を駆け上がった。発車を知らせるベルが鳴っているのが聞こえた。ホームに出てすぐ目の前の乗車口から中に入った。と、ほとんど同時に扉が閉まった。そうして、電車が前進する最初の振動が、ガクンと体に伝わったその時だった。突然、庭の隅にいたみすぼらしい男のことが頭に浮かんだのだ。

先輩だ！

居酒屋のカウンターで二人並んだ時の光景が瞬く間に脳裏に蘇った。「クサトリだよ」と、どこか悦に入った目をしたあの先輩の顔が、私の奥底からニュッと飛び出てきた。
草取りから抜けられなくなった哀れな人……
ゾッとした。その忌まわしい記憶を一旦どこかへ追いやることができたのは、次の汽車に乗り継ぎ、随分時間が経ってからだったと思う。私は、知らないうちに窓の外の景色をただぼんやりと眺めていたらしかった。深い緑色の川面で跳ねた魚が銀色に光ったのを見て我に返った。それからいくらもしないうちに降りるべき駅に到着した。

あれ以来、理事長である老人にも、白い前掛けをした老婆にも会ったことはない。先輩にもだ。もちろんあの邸宅に行ったこともない。先輩と同じようになど絶対になりたくなかったからだ。けれどもそんなふうに思えば思うほど、むしろ先輩に近づいているような気がしてならなかった。

あの時が最初で、その年の秋に二度目。三度目は去年の夏で、今日が四回目、十か月ぶりだ。私はもう何もかもすっかり思い出していた。最初と二度目は一週間、去年は三日間ここにいた。何度か無断欠勤をした。そのたびに総務の課長と女の子がもみ消してくれたのだった。

ここにやってきては、自分がまともになったような気がした。が、マンションに帰ってきてしばらくすると、また元に戻ってしまうのだ。そうして気がつくと、四六時中草取りのことばかりを考えている自分がいるのだった。

どこかに強制収容されて違法薬物と断絶させられた中毒患者とか、得体の知れない新興宗教にはまって家族に外出を止められている信者とかに似ていたかもしれない。あるいは、ダイエット中デパ地下で人気絶頂のスイーツをただじっと見ているだけのＯＬのようでもあっただろうか。とにかくここへ来るのを我慢していると、あの言いようのない不安に苛まれ、頭がおかしくなりそうになった。

　そういう時、私は深海に潜む未知の生物にでもなったつもりで周囲を遮断し、じっとしていた。最小限の呼吸をして邪悪なものが離れていくのをひたすら待つしかなかった。すると不思議なことに、ある時を境にその忌まわしい感覚が、最初から何もなかったかのようにフッと消えたのだった。

　それなのに、あのハガキを見ると誘惑にかられ、どうしても来ずにはいられなかったのだ。結局、そのたびに私は自分に言い訳した。ここへ来れば、私の心は満たされるではないか。弱い自分をありのままさらけ出し、夢中になれる。むしろ人間らしいじゃないか。それの一体何が悪いというのだ、と。

　そうだ、ここへやってくるのは間違いではない。ベッドの上で仰向けのまま、もう一度自分に言い聞かせた。すると罪悪感のようなものが薄れた気がして、気分が落ち着いた。いくらもしないうちに津波のような睡魔がやってきて、意識を失った。

26　パンパンパンパン

ライトの光は森の中に入ってグングン突き進むかに見えた。が、すぐにその勢いをなくしてしまった。女は、まるでお化け屋敷の中にでもいるようだ。恐る恐る左右の足を交互に出しては、時折引っ込める。

ライトは前方だけに向いていればいいのに、女が二、三歩進むたびにその光の直線は暗闇のあちこちをやみくもに動き回った。フクロウがホーホーと鳴けば、なおさらだ。長身の体がビクッと震え、いちいち立ち止まっては見つかるはずのないその居場所を懸命に探そうと、枝の一本一本に光を当てている。

そんなことをすればなおのこと恐怖心が増すと分かっていてもそうせずにはいられないみたいだ。どうやら人一倍怖がりのくせに、気になるものは自分の目で確かめて白黒はっきりさせないと気が済まない性分らしい。

そんなふうに遅々とはしているが、どうにかこうにかまた一歩前へと進んではいる。が、突然、前方の暗闇に二つの光る点が現われた。女はあまりの恐ろしさに動けなくなった。今度ばかりは正体を照らす勇気もなく、しばらくの間、見えない相手とにらみ合うしかなかった。

　実際にはタヌキの目であったのだが、女の頭の中ではクマ以外に浮かぶものがなかった。ゆっくり後ずさりしなければ、と分かっていてもできなかった。息が止まりそうだった。額から一筋の汗が流れ、頬を伝って落ちた。

　やがてタヌキの方が女に興味をなくしてしまったのだろう。体が反転し、二つの光る点が消えた。カサカサと草をかき分ける音が遠ざかり、その気配はすっかり消えてしまった。

　が、女はしばらくの間動けずにじっとしていた。喉がカラカラだった。ライトを股に挟んでリュックを下ろし、手探りで水筒を取り出した。グビグビと水を口の中に流し込むと、水筒は一気に軽くなった。

「大体、なんでアタシがいちいちこんなところへやって来なきゃいけないの」と女は呟いた。

　弱々しい声だった。恥ずかしくて誰にも聞かれないようにと、トイレかどこかに隠れて小さく漏らすような声だった。誰もいないこんな場所で、どうしてコソコソしなければならないのよ、と急に腹立たしくなった。今度は腹に力を入れ、思い切り大声で叫んだ。

「なんでこんなとこに来なきゃいけないのよ！」

女はしかし、はっきりとそう口に出したことで、その言葉どおり前に進むことが馬鹿らしくなってしまった。ため息をつくと、くるりと百八十度方向転換した。そうして元来た道をスタスタと引き返し始めた。

とうとう森の入り口まで戻ってきた。そのまま森を抜けて、駅に引き返すかに見えた。ところが、ライトの光はまたもやそこでパタッと止まってしまった。そのまま静止し、しばらくの間じっとしていた。やがて女はブツブツ言い出した。

「一体アタシは何をやっているのかしら。駅に戻っても何もすることがないじゃないの。はあー、せっかくここまでやって来たんでしょ。ったく、しょうがないわね。ああ、馬鹿らしい。ほんとやんなっちゃう。でもやっぱり怖いわ。どうしようかしら…… うーん……

フン、何よ。前の時だって行けたんだから、今日だって行けるに決まってんでしょーが！ええい、もう。どうにでもなれだわ！」

光が再び森の中へと方向を転換し、ゆっくりと進み始めた。今度はさっきと違って、フラフラとしていなかった。真っ直ぐ前方だけを射している。フクロウがホーホーと鳴くたびにビクッと反応はしても、もう立ち止まることもなかった。それでも、道の脇からガサゴソと何かの音が聞こえると、ライトで照らさないわけにはいかなかった。

光の中に薄っすらと夜露をつけたシダ類の放射状の葉が幻想的に浮かび上がる。それは、不気味な生き物のように見え、やっぱり来るんじゃなかったわ、とちらと後悔した。それでも下っ腹に力を入れてはまた前に進んだのだった。

そうこうしているうちに、ちょうど森の境界といわれる場所にさしかかった。女はそんなことは知る由もない。けれども背筋がざわざわとした。何かが前からも後ろからも、左からも右からもひたひたと近づいてくるような気がしたのだ。その何かが、どんどん巨大化し、自分の体を覆い尽くすような感覚に襲われた。

走って逃げても無駄だと女は観念した。その恐怖に負けて足が止まりそうになった。と、何を思ったか、女はピタッと止まってライトを股間に挟んだ。そうしてパンパンパンパンと何度も柏手を打った。するとピーンと空気が張り詰めたようになり、邪気が自分から遠のくような感覚を得ることができたのだった。

けれどもそれは長くは続かなかった。再び歩き始め、いくらもしないうちに女の体はどんよりと重くなった。そうして足の動きが鈍くなるとまたもや股間にライトを挟み、柏手を打った。その繰り返しだった。女はしかし、そのうちに劇的に開き直ったようだった。腹の底から森中に響き渡るように叫んだのだ。

「クソがっ！　ざけんな！」

それは邪気を追い払うためというよりは、この道の先にいる誰かに向かって発した罵声であるように思われた。あるいは、何かに怖じ気づいた時に自分自身を鼓舞するための口癖であったのかもしれない。

いずれにしても女は何度も何度も同じ文句を叫び続けた。すると、自分の奥底から何か熱いものがたぎってくるような気がした。ホーホーとフクロウが鳴いてももう動じなかった。坂道が急になったのにスピードは緩むどころかむしろ加速しているようだった。ライトの光がぐんぐん前へと力強く進んでいく。

やがて坂道の傾斜が緩み、女の行く手にぼんやりとした丸い円が現われた。それはなお暗闇であることには違いなかった。が、僅かに明るさを含んでいた。ぽっかりと開いたトンネルの出口のようだった。

女は思わず走った。そしてとうとう森を抜けたのだった。その途端、わあ、とため息混じりの声を漏らした。満天の星の下にいた。ライトを消した。空を見上げたまま、しばらくの間我を忘れて立ちすくんでいた。

ホーホー。フクロウの鳴き声で女は我に返った。視線を眼下に移した。あちこちに小さな明かりが見える。いくつもの明かりが密集した大きな集合施設を除けば、それらの明かりは周囲にまばらに点在しているだけだ。

「あいつ、一体どこにいるのかしら」

暗闇の中で女は呟いた。さっきまであった恐怖心は、いつの間にかすっかり消えてしまったようである。

27　総務の女の子の方がマシだ

目が覚めた時、暗闇の中で自分が一体どこにいるのか分からなかった。目が覚めたと勘違いしているだけで、夢の中にいるのだろうか、と混乱した。体を起こそうとするのだが、金縛りにあったように思うように動かなかった。

そのうちに微かだが、小さな光の煌めきに気づいた。それが窓から見える星の瞬きであると分かった時、ようやく自分が今どこにいるのかを理解したのだった。ベッドの上で仰向けになったままだった。

やがて力が抜け、体が動いた。腕時計に目をやると、針の夜光塗料はもうじき二時を指し示そうとしていた。立ち上がって窓を開けた。ひんやりとした冷たい空気が流れてきた。それをゆっくりと肺の隅々にまで行き渡るように深く吸い込んだ。正面の斜面には月明かりで畑の陰影が薄っすらと浮かび上がっていた。目が冴えてしまった。もう眠れそうもなかった。

ぼんやりと漆黒の景色を眺めていた時、遠く向こうに細くて直線的な光があるのに気づいた。光は斜面にさしかかり、坂の上へと進んで行く。それをじっと見ていた。と、突然真下に光の筋が現われた。太くてはっきりとした光線だ。その光源の持ち主が今、自動販売機の明かりの中に浮かび上がった。男だ。あっ、と声が出そうになった。

黒っぽい（たぶん紺色だ）部屋着を着ていた。どう見ても二階でぐっすり眠っているはずのタナカさんのようだった。でも自信がなかった。動作がふらりふらりと、別人のようだったからだ。少なくとも自分の意思で歩いているように思えなかった。

光源は男の頭部にあった。バンドで頭につけるタイプのライトだ。やがて男の姿は暗闇に紛れ、光線だけになった。それはやはり斜面に向かって進んでいく。

再び向こうに目をやると、最初に見つけた光は斜面の中腹あたりで静止していた。が、突然、フッと消えてしまった。と、今度は別の場所に光が現われた。もう一度よく見渡した。同じような光が、斜面のあちこちで蛍の光のように見え隠れしている。どうやらライトを携帯した何人もの人々が畑の中でしゃがんだり立ったりしているようだった。

一体これは何だ？

廊下の方で物音がした。耳を澄まし、ドアに近づいた。隣のクロダさんが部屋から出てきたようだった。階段を下りていく足音が聞こえた。そっとドアを開けると、階下から微かにシューという音が聞こえた。どう考えても虫除けスプレーの噴射音だった。その音が収まるまで少なくとも三十秒は経過したと思う。玄関のドアが開き、閉まる音がした。

急いで窓辺に戻り、外を見やった。すると、ピンク（こっちはピンクだとはっきり分かった）の部屋着を着たクロダさんらしき（らしきというのは、彼女もまたうつろな顔をしていて別人のようだったからだ）女が自動販売機の光の中で浮かび上がった。女の頭にもヘッドライトがあった。ビニール袋を手にしている。小股でトットットットッと歩いて行く。夢遊病者のようだ。少し迷ったが、後を追うことにした。


外に出ると、女は思ったよりも随分先にいた。置いていかれまいと必死に後を追おうとしたのだが、暗くて上手く進めなかった。空には下弦の月が煌々と輝いていた。少しずつその月明かりに照らされた道に目が慣れていった。女との距離が縮まり始めた。

間合いを少しずつ詰めながら、気づかれないだろうかとビクビクした。が、女の方にそんな様子はこれっぽっちもなさそうだった。黙々と歩いていく。斜面に差し掛かってもスピードが緩むどころか、むしろ勢いを増しているようだった。

女は畑の斜面の途中で立ち止まった。私は何の野菜かわからないその葉の陰に身を潜めた。女は左右をキョロキョロすると、左側の区画の中に入って行った。すると、無数の葉と茎に遮られ、光が私の視界からフッと消えてしまった。慌てて後を追った。

光源は畝と畝の間を軽やかに進んでいく。が、これまた無数の葉が邪魔し、月明かりはさすがに地面まで届かない。私の方は、足元が見えずに一歩一歩慎重に歩かざるを得なかった。女との距離がみるみるうちに開き、焦った。と、光の動きが止まった。私はスピードを落とし、身を低くして地を這うように進んだ。

女は小道を挟んだ次の区画に入り込んだところにいた。ライトの光はぐるりと周りを見回すように回転した後で、向こう側に向いたまま低い位置になった。しゃがんだのだ。

私は少しずつ近づき、とうとう女の後方五、六メートルのあたりまでやってきた。そこで足を止め、様子をうかがった。薄々分かってはいた。とはいえ、やっぱり驚いた。女はやはり草を取っていた。右側の畝に生えている草を手当たり次第に取っていた。

ライトの光が葉に反射し、目の焦点が合っていない女の顔をぼんやりと浮かびあがらせていた。何故か総務の女の子の能面のような顔を思い出した。あの子の方がずっとマシだ。そう思った。

女の手はロボットのそれのようにカクカクと動き、ただ機械的に草を取っているというふうだった。左手で摑んでいるビニール袋に次から次へと草が放り込まれていく。

私はあっけにとられたまま、その様子を食い入るように見ていた。知らないうちに女との間合いが二、三メートルほどに縮まっていた。そのことはうかつだった。

突然ライトの光がくるりとこちらを向き、畝と畝のど真ん中にいる私を照らしたのだ。それは思っていた以上に強烈な光だった。女が右側の畝から左側の畝へと後戻りするのに、しゃがんだまま体を反転させたのだった。
あまりにもまぶしくて目をつむり、右手のひらで顔を覆った。光は数秒間私に当たってい
た。指の隙間から目を開けたのだが、眩しすぎてすぐにまた目をつむってしまった。完全な
逆光の中で女の顔は全く見えなかった。
邪魔をするのは一体誰だ、といった感じで、光は私に突き刺さったまま静止していた。が、
突然そのまぶしさの感覚がフッと消えた。私は恐る恐る手をおろし、目を開けた。女は左側
の畝の草取りにとりかかっていた。
女は私のことなどどうでもいいみたいだった。あるいは、私などいないに等しいようだっ
た。あるいは、草以外のものは何も見えていないのかもしれなかった。あるいは、その草さ
えも見えていないのかもしれなかった。
ホッとして力が抜けた。すると今度は無性に草を取りたくなった。すっくと立ち上がり、
一心不乱の女を尻目に小道に戻った。それから少し斜面を上がった。暗闇に目が慣れたとこ
ろでしゃがんだ。
手で地面を探ると、そこに十センチほどの長さのちょうどいい草があった。私は、自分の
手にその感触を十分に馴染ませた。それからフーと息を吐くと、ゆっくりとそれを引き抜い
たのだった。

28　ロケットぉーパーンチっ！

やみくもに草を取り続けた。抜いては放り、抜いては放った。ものすごい勢いでそうし続けた。というのは、草を取り始めてすぐに、それまでに感じたことのないほどの強い焦燥感に襲われたからだ。

それを必死で振り払おうとした。けれどもそれは一向に消え去る気配がなかった。それがどんどん重くなって私をぎゅーっと押しつぶすようなイメージがあった。そんな感覚は初めてのことだった。あれっ、おかしいな、いつもならとっくにゾーンに入っているであろうはずなのに、と焦るばかりだった。

セクシー動画に登場するような女が目の前でせっかく服を脱いで股を広げているというのに、硬く大きくなるはずのものがそうならないことで、一体どうしたんだろうと気が動転している時に似ていた（そんなことが実際にあったわけではないが、もしそんな時があればきっとそうであるに違いないと思う）。一生懸命やろうとすればするほど空回りして、思い描いていた理想の姿からむしろ遠ざかっていくような感覚があった。

泣きそうになった。どうしてこんなふうに神経質な人間になってしまったのだろうか、と自分を恨んだ。手を止めた。そうして上を見上げ、深呼吸をした。満天の星があった。無数の星が煌めいているのをただ見ていた。

右から左へ流れ星が流れた。やけにスピードの遅い流れ星だった。消え去るまでに数秒間はあったが何も祈らなかった。祈ることがなかった。

「もうどうでもいい」

口が勝手に、しかし弱々しい声音でそう呟いた。


それから後のことを覚えていない。草取りをしていたことは確かだ。何故なら我に返った時、あたり一面に抜き取られた草が散らばっていたからだ。

私は突然後ろから襟を摑まれたのだった。そのままグイッと引っ張られ、立ち上がっていた。空が白んでいた。

「やっと見つけたわ」

聞き覚えのある声だった。

「バッカじゃないの、またこんなとこ来ちゃって。一体何やってんのよ」

目の前に妻がいた。

あ、と私の口から声が漏れた。ボソッとした間抜けな声音の、あ、だ。同じくらいの背の高さのはずなのに、私は妻の顔を見上げていた。

その顔には斑点か何かがあった。虫に刺された痕なのか擦り傷なのか、判別がつかない。両方のようだ。上から下へとざっと眺めた。服もスニーカーも土埃にまみれ、薄汚かった。

「どうして君がここにいるの？」私は混乱して言った。

「は？　馬鹿の一つ覚えみたいに毎回おんなじセリフ言っててんじゃないわよ！　ったく、携帯がつながんなかったから嫌な予感がしてマンションに行ったの。それでも部屋に入ろうかどうしようか随分迷ったのよ。で、中に入ったら案の定。玄関に革靴があって腐ったスニーカーがないわ、書斎に鞄が置きっぱなしで机の上に万年筆がないわ。そんでもってキッチンに行ったら冷蔵庫にしわくちゃのハガキが貼ってあったからよ！

ほっとけばいいって思ったけど、アタシもアタシだわ、結局また来ちゃったじゃないの。あんたねえ、一体何回来れば気が済むのよ！　いい加減にしなさいよ！　さあ、帰るわよ！」

妻は私の右腕をグイと引っ張った。私が散らばり放題の草をかき集めようとすると、そんなもの放っておきなさいよ、と怒鳴ったのだった。

私は妻に手を引かれるまま畝と畝の間を歩き出した。そうして小道に出て斜面の上へと上り始めた時に、ええっ、と思わず声を出してしまった。

すぐ目の前に草取りをしている山野さんと遠藤さんの姿があった。山野さんが上の方の畝の草を、遠藤さんが下の方の畝の草を互いにぴったりと尻をくっつけ合うようにして仲睦まじく取っていた。

のぞき込むと、二人とも手を止め、私を見た。二人ともうつろな顔だった。けれどもすぐにまた手が動き出した。私のことなど眼中にないみたいだった。私は私でまたもやグイッと引っ張られ、再び歩き出さなければならなかった。

坂を上りながら振り返った。ちょうど朝日が反対側の山のてっぺんだけをオレンジ色に染めていた。右側には昨日田村さんと一緒に見た時よりもずっと濃い霧がかかっているようだった。盆地はまだ薄暗かった。赤屋根と青屋根の色の区別があまりつかなかった。鮮やかな緑色であるはずの畑も黒っぽかった。そのあちこちにライトの光を認めた。もう朝だというのに。

とその時、坂の下に立つ人影を見つけた。影はこっちを見上げていた。目を凝らしたが、顔がよく見えなかった。それでもそのほっそりとしたシルエットで、それが田村さんだとすぐに分かった。田村さんの影は一瞬こっちに向かって坂を駆け上がろうとしたかに見えたが、すぐに静止した。ただそこに立っていた。

それは去って行く私にエールを送っている姿のように見えた。あるいは、あなたはこっち側の人間でしょう、と私が引き返すのを確信している自信ありげな姿のようにも見えた。それとも、と思った。切なそうな顔が浮かんだ。

ねえ、お願い、行かないで。もっと私の話を聞いてくれるんじゃなかったの……

その想像に酔いしれそうになりかけた。が、グイッと引っ張られて我に返った。そのまま引きずられるようにして坂を上り切ると、田村さんの影は見えなくなってしまった。するとまたもや言いようのない不安にかられ、足を止めた。それどころか妻の手を振り払って引き返そうとしたのだ。

「ちょっと、いい加減にしなさいよっ！」突然妻が大声で叫んだ。「ったくもぉー」

盆地一帯に怒号が響き渡る。

「ロケットぉー」

ハッと嫌な予感がして身をかわそうとしたが遅かった。

「パーンチっ！」

その叫び声とともに妻の右手のグーが私のみぞおちにめり込んだ。私の口からウゥッとうめき声が出た。よろけて動けなくなった。

29　メシ食って――寝ろや！

「クソがっ！」

　妻は鬼の形相だった。

「草取りとかやってんじゃないわよ！　あんたねえ、この世に生まれたんだからちゃんと真正面を向いてしっかり生きなさいよ！　いっつもうじうじぐだぐだくだらない独り言ばっかり。」

『私とは一体誰だ』

　はあ？

『私は存在しているのか』

　はあ？

『生きることに意味はあるのか』

　はあ？

　ざけんなっ！　あんたはあんたに決まってんでしょーが！　あんたはちゃんとここにいる

のよ！　生きる意味？　はあ？　そんなの知ったこっちゃないわ。生きること自体に意味があんのよ！　いいえ、意味なんかなくったってどうだっていいわ！

この世の意義なんて関係ないっつーの！　アタシたちが存在していることが、この星があることが、奇跡だろうが当然だろうが偶然だろうが必然だろうが、それがなんだっていうの！　この世のしくみがどうなっているかなんてどうだっていいわよ！


そんなくだらないこと考えてる暇があったら、メシ食ってクソして会社行って金稼いでまたメシ食って風呂入って寝ろや！


あんたがやるべきことをちゃんとやれっつーの！　それなのに……

煩悩を振り払えだあ？　ふざけたこと言ってんじゃないわよ！　人間なんだから欲があって当たり前じゃないの！　百八つで足りるわけがないっつーの！　人より幸せになりたいとか上に立ちたいとかって思うのは当然でしょ！　あんた、一体何様なの！　お釈迦様にでもなったつもり？　そんな人間いるわけないし、そんなふうになれるわけがないでしょ！

みんな必死で生きてんのよ！　他人の成功を憎んで嫉妬するのは当たり前でしょ！　誰だって他人の不幸を願ってほくそ笑むに決まってんじゃないの！　だって人間なんだから！

誰もが偽善者なんだから仕方がないじゃないの！

どんなにきれいごとを口にしたって、その何倍も何十倍も真っ黒な本音が必ず反対側にくっついてんのよ！　だって世の中って、人間って、そういうしくみなんだから！　それでも、誰かを憎んだり恨んだりしないようにしなきゃって必死なんじゃないの！　少しでも偽善を小さくしようと努力してんでしょーが！

　何故かっ！

　人間として生きているからに決まってんでしょ！　人間として生きる必要があるからに決まってんでしょ！　そんなこと、五十年も生きてりゃアホでも分かるわ！　だから、こんなとこで草取って逃げてんじゃないわよ！　ちゃんと仕事しなさいよ！　歯を食いしばって生きなさいよ！　ちゃんと生きなさいよ！　しっかり前向いて生きなさいよ！」

　妻の叫び声はそこでパタッと止った。急に黙ってしまった。泣いていた。ボロボロと涙を流していた。歪んだ顔をしていた。けれども笑っていた。哀れになるくらいに必死でそうしているように見えた。だから私も笑おうとしてみた。でも上手くできなかった。すると妻が両手で私の両方の頬をギュッとつまみ、グニュグニュッと押したり引っ張ったりして強引に笑顔を作ろうとしたのだった。

「ねえ、もういいでしょ……」

　穏やかな声音に変わった。

「あんたは、もう十分挫折して、十分悔やんで、十分悲しんだんだから。そろそろそんな苦悩に満ちたような顔をするのはいい加減飽きたでしょ？　あんたはあんたでいいのよ。出世なんかどうだっていいわ。だからもう笑ってヘラヘラしなさいよ。ダメだったら、またダメだったよ、あははは、って笑いなさいよ。無理矢理笑いなさいよ。それでいいじゃない。ねえ、お願いだから笑ってよ」

私たちはしばらくの間、じっと互いの目を見ていた。やがて妻は再び私の手を取り、歩き出した。そのまま私たちは森の中に入り、来た時に上り続けてきた坂を、今度は下り続けた。私はしかし、なんとなく前に進むことをまだためらっていた。その証拠にたびたび足が止まりかけた。すると、私と妻の腕がピーンと伸びて張った。途端に妻が振り返り、私を睨んだ。そしてそれまでよりもずっと強い力で強引に私の腕をたぐり寄せ、どんどん前へ進んだのだった。

妻は妻で何かと戦っているようだった。必死に歯を食いしばってなんとしてでも連れ戻すという意思が私にはっきりと伝わってくるのだった。

私は何度も後ろを振り返りそうになったのだが、そうしなかった。というのもそのたびに妻が敏感に察したように私の手をギュッと握ったからだった。

妻はずっと黙ったままだった。息づかいも聞こえなかった。森は恐ろしいくらいにしんとしていた。ただ私たちの靴と地面のすれる音がザッザッと聞こえるだけだった。

しばらくして、田村さんの言っていたことをふと思いだした。もうそろそろ森の境界ではないだろうか。そう思って目印の木を探そうとした。が、さっぱりわからなかった。

それでもなんとなく、ああ、この辺りだな、と感じた。急に不安になった。森に吸い込まれてしまうような気がしたのだ。すると、その私の動揺が伝わったのだろう、妻がグイッと手を引いたのだった。

　そのうちにその境界のようなものを越えようとしているのがなんとなく分かった。そして妻の手のおかげで少しずつ盆地の領域から外れ、反対側の元の世界の方へと比重を移しているのを体で感じていた。

　私はその比重の移動が中途半端に境界で止まってしまわないことを祈った。あるいは、私の中の何かが森の中に吸い込まれてしまうのだとしたなら、どうか盆地側の記憶だけにしてほしいと願っていた。そんなふうに盆地を遠ざけようとしている意識があることに気づいて少し驚いた。

　いつの間にかすっかり妻の歩調に合わせて歩いていた。その分妻が私の手を握る力も弱くなった。やがて向こう側にトンネルの出口のようなものが見えてきた。それは盆地側のそれよりもずっと明瞭な丸い光だった。そこに到達した時に見上げた空もずっとすっきりとして鮮明な青であるように思った。

　そのようにして私たちは森を抜け、赤い橋を渡った。そうして巨大な矢印を見ながらその向きとは反対方向の右へと曲がり切った時、やっと私の肩が軽くなったのだった。

30　遠ざかる赤い橋

朝一番の汽車までしばらく時間があった。その間、私たちはホームのベンチに座り、互いに黙ったままきつねもなかを一つずつ食べた。その皮はやはり狐の顔の形をしていた。

菓子屋の恰幅のいい女主人は早朝の来訪者を不思議に思わないみたいだった。私たちのような客が以前にもたまにいたらしかった。

「ウチは朝五時からやってんのよ。こんなとこ誰も来ないからほとんど配達ばっかりで昼過ぎには閉めちゃうんだけどね……　ああ、昨日？　ズル休みよ。趣味でやってるようなもんだからさ。自由なの」と言って笑った。

土日が定休日なのだが、一週間のうちで最も気分の乗らないのが木曜で、ちょくちょく休むのだと教えてくれた。波長の底は水曜とは限らないのだ。

知らないうちに顔や首や手のあちこちをかきむしっていた。痒くてしかたがなかった。スプレーをする余裕などなかった。みかねて妻がリュックから取り出し、無言で差し出したのは、虫刺され用の薬だった。

チューブを受け取り、右手の人差し指と親指でつまんで押した。力が入りすぎた。白いクリームが左の手の甲ににゅるっと飛び出し、こんもりと山を作った。が、両手に浮き出たあらゆる斑点に塗り、それから首筋に指を這わせ、突起を探り当ててはすり込むと、それはちょうど無くなった。

ありがとう、と言って薬を返した。妻はしかし、リュックに片付けることもせずに俯いたままそれを手に握りしめていた。すっかり精根を使い果たしてしまったようにぐったりとしていた。

実際、森を抜けて真っ青な空の下に出た瞬間、妻はその場にへたり込んでしまった。そこからは逆に私が妻の手を取り、駅に向かって歩いたのだった。

そういえば、そうだった、と思い出した。前もその前もそのまた前も同じだった。全部妻が私を連れ戻しに来て、最後にこの駅のホームでぐったりとしていたのだった。

「場所が分かんなくて困ったわ」

二年前の初めての時、妻はそう言った。赤い橋を渡った向こう側で途方に暮れていたら、偶然砂利道から軽トラが現われた。勘が働いて両手を広げ、それを止めさせたらしい。そうして、食材を届けてきたばかりの運転手の隣に勝手に乗り込み、強引に盆地に引き返させたのだそうだ。

あの時、妻と娘が家を出てから既に三か月が過ぎていた。が、必要最小限の連絡はとっていた。万が一のことも考え、あの老人の邸宅から駅に向かう途中、ハイヤーの中で行き先を妻にメールしておいた。その後、私と連絡がとれないことを不審に思い、妻がこの地へやってきてくれたのだった。

チュッチュッチュッチュッ……　キョッキョッキョッキョッ……


どこかで鳥が鳴いている。

私は駅舎の軒下からぼんやりと空を見上げていた。日差しが少しずつ強くなっている。背後から雲が現われては森の方角に流れていく。ああ、この雲はきっと盆地の真上を通り過ぎるに違いない。

私は一体あそこで何をしていたのだろう。あそこにいる人々は永遠にあそこにいるのだろうか。

青屋根で節度ある草取りを体験して回復したと勘違いする。さあ次のステップへ、とハウスに移される。すると、つい禁断の真夜中の草取りに手を出してしまう。再び心身不良に陥り、青屋根に引き戻されてまた一からやり直し。一度はまった人間があの循環ループから抜けることはとても難しいのだ。

もしかしたら田村さんも本当はあそこから逃げ出したいのではないだろうか。なんとなくそう思った。

私はしかし、その田村さんの顔が上手く思い出せないことに気づいて驚いた。ただほっそりとしたシルエットだけがぼんやりと浮かんだだけだった。

Ｋのハウスの男と女の顔、山野さんと遠藤さんの顔はもっと曖昧だった。盆地のイメージがとても薄っぺらになっていた。そうした感覚に寂しさを覚えるかと思ったが、そうはならなかった。こっちに戻ってきたのだと実感し、安堵している自分がいた。隣を見、心の中で呟いた。

妻のおかげだ。

タタンタタンと微かに線路を伝わって音が聞こえてきた。腕時計を見ると時計の針がちょうど六時をさすところだった。

カーキ色の男が鐘を鳴らすことだろう。その様子を思い浮かべようとしたのだが、同じだった。どんな姿だったかも、どんな音だったかも上手く思い出せなかった。輪郭のないカーキ色がふわりと浮かんですぐに消えた。

トンネルから朱色とクリーム色の汽車が現われた。それはみるみるうちに大きくなってホームに滑り込んできた。やはり二両編成だった。

先頭の車両に乗ると、一番前のボックス席に制服を着た女の子がたった一人いただけだった。眠っていた。ふと、ああそうだった、と思い出した。今日はまだ金曜で、私は会社に行く必要があるのだ。

私たちは後ろの方のボックス席で向かい合って座った。妻は進行方向の景色を、私は後方へと遠ざかっていく景色を眺めた。動き出してしばらくすると、赤い橋が向こうに小さく見えた。けれどもそれを渡ったことの実感はもうまるでなかった。

31　手のひら、親指

全開した窓から入ってくる風が気持ち良かったのだろう。妻は少し生気を取り戻したようだった。急に自分のデニムのシャツの汚れを気にし始めた。鼻をくっつけてクンクン嗅いでいる。とうとう脱いでタンクトップ姿になった。白でぴっちりとしていた。こっちが恥ずかしくなったが、妻は気にならないようだった。

リュックから取り出した白のシャツはアイロンが掛かってきれいに畳まれていた。妻はそれに着替えると、デニムを裏返しにして丸め、リュックに突っ込んだ。その白いシャツが、頭の中で田村さんの残像を浮かばせることはなかった。

妻は白いシャツが似合う。私の思考ははっきりと妻の方を選んでいた。さりげなくリップも塗り直している。赤くなった。艶を帯びている。

汽車は渓谷沿いのなんとなく見覚えのある景色を通り過ぎていった。どの駅のホームにも乗客はいなかった。時折、赤とか青とかのトタン屋根の家が現われ、赤屋根と青屋根のことがちらちらと浮かびはした。あるいは、手ぬぐいか何かで頬かむりをした老婆が畑でしゃがんでいた。草取りをしているように見えはした。それらはしかし、ただそういう光景があるというだけで、私の心があの盆地に引き戻されるようなことはもうなかった。

風景はやがて里山から田園に変わり、住宅街が見えた時に汽車はその路線の終点に到着した。結局、乗客は私たち三人だけだった。三人とも跨線橋を渡って隣のホームに移った。二本の電車が停まっていた。私と妻は一方に乗った。女の子はもう一方に乗り、窓際ですぐに眠ってしまったのが見えた。

私たちを乗せた電車は段々と県庁所在地に近づき、駅と駅の区間が短くなっていった。スーツの大人と制服の高校生が少しずつ増え、車内が混み始めた。妻はリュックをぬいぐるみのように膝の上で抱きしめていた。

どこかの駅で乗車した二人の客が私たちの隣に座ろうとした。一人は妻の隣に座った。が、もう一人は、私が汚かったたからだろう、別の場所に行ってしまった。その様子を目にしてやっと、自分がスウェットの上下であることに気づいた。あちこち土埃が付いて白っぽかった。

おもむろに左腕から8番の丸いワッペンを剝ぐと、ザッ、と音がした。私はそれをポケットに入れた。と今度は、ハウスに自分の服と財布とスマホと鍵と万年筆を置いてきてしまったことを思い出した。それとカゴに入れたままの下着のことも。

まあ、いいや、と思った。前もこうして部屋着のまま妻に連れ出され、そのたびに本部の誰かが自宅に私の荷物（下着以外だ）の入った小包を郵送してくれたのだった。その中には、草取り関連一式と書かれた、ちょっとした金額の請求書と振込用紙の入った封筒も含まれていた。今度も同じだろう。

男の子が一人乗ってきた。何も躊躇する様子もなく、空いていた私の隣にちょこんと座った。黄色のキャップを被っている。行儀良くじっとしている。見つめると、混じりけのない澄んだ目をして私を見上げた。瞳がきらきらしている。

男の子が降りるであろう駅に近づいた。その頃には車内はぎゅうぎゅうだった。電車が減速すると果たして男の子は立ち上がった。そうしてドアの方に行こうとするのだが、大人と学生たちが立ちはだかり、上手く進めないようであった。

ハラハラして見ていると、突然妻が、

「すみませーん。男の子が一人降りますよぉー」と大声で言った。

すると僅かだが隙間ができた。男の子は妻に向かって左の小さな手のひらを見せ、にっこりとした。それからいくつもの下半身と下半身の間をかいくぐって出て行った。私は、男の子が駅舎に向かって勢いよくホームを走る姿を想像した。

今度は妻の降りる駅が近づいてきた。彼女の実家は駅から近い。徒歩五分だ。

妻が私の手をとり、切符と何枚かの千円札、それにマンションのスペアキーを握らせた。そうして顔を近づけ、小声で言った。

「今日会社は？　どうするの？」

「行く」と私も小声で言った。「ちょっと一眠りしてからね」

乗客たちに聞かれているとは思ったが、恥ずかしくはなかった。

ふと娘の顔が浮かんだ。

「奈津子は元気か？」

「元気よ。パパによろしくだって」と妻は言った。優しげな笑みを浮かべている。

「そっか」

「ねえ、これからどうするのか、お互いにちゃんと考えましょう」

私は頷いた。その自分の顔に僅かだが、笑みが浮かんでいるのに気づき、少し驚いた。

キィーとブレーキ音がして電車が減速した。妻がおもむろに立ち上がった。じゃあね、と言って右の手のひらを見せ、小さく振った。私も同じようにそうした。

電車が停まった。すみません、と言いながら人々の間をすり抜けていく彼女の後ろ姿を私はじっと見ていた。けれどもそれはすぐに人混みの向こうに消えてしまった。

笛の音が聞こえ、電車が動き始めた。すると、妻とここまでやってきたことの現実感が急に損なわれていくような気がした。そうならないようにと、静かに目を閉じ、さっきまで二人一緒にいたことを思い出そうとした。が、瞼の裏は真っ暗なままで、別の考えが浮かんだ。森の向こう側とこちら側の一体どちらの私が本当の私なのだろうか。それとももしかしたら森に引き込まれてしまって、もうどちら側でもないのだろうか。ちゃんとこっちへ戻ってきたのだろうか。

私は目を開き、それらの思考を必死で払いのけようとした。

終着駅に到着すると、最後の電車に乗り換えなければならなかった。ホームも階段もごった返していた。本店の人間がいやしないかと、俯きながら連絡通路の端を歩いた。その途中、案内表示板を確認するために顔を上げた時だった。

前からやってくる一人の女の子に目が行った。ショートカットだった。白のTシャツと白のミニスカートが日焼けした肌に似合っていた。黒のリュックを背負っている。目が合った。女の子が怪訝そうにちょっと首を傾げた。その目が私の姿をサッと眺めたのが私には分かった。すれ違いざまに、女の子が笑みを浮かべた。そして右手の親指を立て、私に向かって突き出して見せた。私も咄嗟に同じ事をした。一瞬のことだった。

間違いない。ミユキという名の女の子だった。

振り返ると、彼女は誰よりも背筋を伸ばし、颯爽と歩いているように見えた。私は女の子との余韻に浸りたくて立ち止まりかけた。が、すぐ後ろで私にぶつかりそうになったＯＬが露骨に顔をしかめた。私は再び前を向いて歩かなければならなかった。

もう俯くのをやめた。

32　穏やかな日常へ

エントランスの郵便受けにハガキが一枚あってドキッとした。それはしかし、クリーニング屋の割引の知らせだった。毛布のだった。六月末までなら30％引きとあった。

玄関のドアを開け、キッチンに行った。冷蔵庫のドアからしわくちゃのハガキを外し、代わりにクリーニングの方を貼った。それからゴミ箱のペダルを踏んでそのしわくちゃを落とし、すぐに足を離した。

始業までまだ三十分あった。会社に電話した。出たのが総務課長で、少しがっかりしたのを自分の中に認めた。

午後から出社すると言うと、は？　と受話器から意外そうな声が聞こえた。てっきり私が休むと言うと思ったのだろう。一瞬の沈黙の後、

「たった半日ですし、どうせなら今日一日お休みになられたらいかがですか」と彼は提案し

た。

「いや、出る」と私は言った。

アラームをセットしてソファに横になると、全身麻酔でもしたかのように一瞬で濃密な眠りに落ちた。

二時間後、電子音で意識が戻った時、寝覚めは悪くなかった。シャワーを浴びてひげを剃った。家の鏡に映るほうれい線はそれほどひどくはなくてホッとした。冷蔵庫にあった流動食のゼリーを二つ口の中に流し込んで部屋を出た。

エントランスを通り過ぎる時にふと防犯カメラのことを思い出し、ちらと振り返った。修理は済んだはずだ。と、不意に忌まわしい思考がフッと浮かんだ。

私は今、カメラにどんなふうに映っているのだろう。どうして私は私を直に見ることができないのだろう。

私は強引にその思考を停止した。できることなら、そんなことはもう二度と考えたくもなかった。

支店のビルの入り口に管理人が立っていた。私が鞄を手に提げていたからだろう、少し怪訝そうな顔をした。

「おや、今、出社ですか?」と話しかけてきた。

「ええ、ちょっと」とはぐらかした。

「ＬＥＤ、どうですか？　明るいでしょ？」

「そうですね」と私は言った。ああ、そっか、この人が、全部ＬＥＤに替えたと教えてくれたのだった、と思い出した。「ちょっと眩しいくらいですね」

「今週もあと半日でお休みですね。お疲れさまです」と管理人は会話を締めくくるように言った。

　私は礼を言ってそのまま歩きかけたのだが、ふと気になって立ち止まった。

「管理人さんは、土日は？　休みなんですか？」

「いいえ、毎日ここに来ます。そういうシフトを希望したんです。その代わり夜勤はありませんけどね」

「そうでしたか」私は気の毒そうな顔をしたかもしれない。

「その方がいいんです。毎日おんなじで波がない方が……　浮くこともなく沈むこともなく、ただ毎日が静かに過ぎるだけです。七十にもなると、それで十分です」

　管理人はそう言って穏やかな笑みを浮かべた。

「そうですか……」

　ほかにいい返事が思い当たらないまま会釈した。

　フロアには半分くらいしか社員がいなかった。まだ昼休みだった。もう半分は外に食事に出ているのだろう。

　総務の女の子はいた。彼女はスマホからちらと私に視線を移し、すぐに戻した。それだけだった。それでもその素っ気ない彼女のことが、何故かひどく懐かしい感じがしてホッとしたのだった。

　決裁箱に稟議書があった。県道の補修工事の受注書だった。次長は代決しなかったらしい。はんこを押して箱に戻すと、もうやることがなかった。

　おもむろに引き出しから本を取り出し、だらだらと頁を繰った。けれども気がつくと、文字をただ目で追っているだけで意味を持った言葉が少しも頭に入ってこないのだった。そのたびに眩しい天井を見やってはぼんやりとした。

　管理人の言っていたことが頭に浮かんだ。ただ過ぎるだけで十分な毎日とはこういうことだろうか……　たぶん違う。いや、全然違う。ちゃんとやるべきことがなければならないのだ。それって何だろう……　分からない……　見つけなきゃ……

　ふとハガキのことを思い出した。ハウスの机の上に置きっぱなしであったことをすっかり忘れていた。きっと田村さんが見つけるのだろう。そうして一年後にまた郵便受けに入っていることだろう。その時私はどうするのだろうか。その時私たち家族はどうなっているのだろうか。

　何も思いつかなかった。ただ、なんとなくだが、もうそれほどクサトリをしたいと思わないような気がした。あるいは、何の根拠もないのだが、クサトリ以外の何かで自分を満たしているようなイメージが浮かんだ。

いつもと同じように時間がのろのろと過ぎた。やがて窓から夕日が差し込んだ。

ポーン。

私は差出人を確認すると、そのメールを開くこともなく、削除した。

※限界効用逓減の法則
ある財の消費量が増加するのに伴い、新たに追加される財一単位から得られる効用が次第に減少するという法則（『広辞苑第七版』から引用）。

例えば、コーヒー好きの人が、休みの日の朝、アンティークなミルでガリガリと挽いた豆をペーパーフィルターに入れ、そこを目がけて沸騰したお湯を細くて柔らかな放物線を描かせて注ぎ込み、ふんわりと粉を膨らませ、お気に入りの白いカップに極上のブラックコーヒーをドリップしたとしよう。その香りを胸の奥まで深く吸い込んだその後に、いよいよその漆黒の液体を口に含み、至福のひとときを味わう。そうして飲み干すまでの満足度、すなわち効用の変化を想像すればいい。そう、飲めば飲むほど、満足感の全体はどんどん大きくなってはいく。がしかし、その満足の度合いは最初の一口目が最も大きく、二口目は一口目よりも小さく、三口目は二口目よりもまた小さく、少しずつ減少していく。大概の消費財に当てはまるはずのこの事象のことをいう、と理解している。あ、いや、コーヒーよりもわんこそばの方が断然分かりやすいだろう。腹を空かし、盛岡の老舗で注文したとしよう。その最初の一杯は相当美味いに違いない。が、椀（わんこ）が重なるにつれて一杯当たりの満足感は次第に薄れ、三十二杯目辺りで（私ならきっとそのくらいでギブアップすると思う）、いやもう無理、当分そばはいらん、となるであろうあの一連の感覚の変化を想像してみればいい。もちろん、時間の経過とともにゼロクリアされ、すぐにまた食べたくなるはずだが……

（著者）

クサトリ

著者

ワカヤマ　ヒロ

発行日

2024年 6 月 29 日

発行　株式会社新潮社　図書編集室

発売　株式会社新潮社

〒162-8711　東京都新宿区矢来町 71
電話　03-3266-7124

印刷所　錦明印刷株式会社

製本所　加藤製本株式会社

ISBN 978-4-10-910286-5 C0093
価格はカバーに表示してあります。